1초 동안의 긴 고백

1초 동안의 긴 고백

시인수첩 시인선 022

하 린 시집

문학수첩

세 번째는 달라질 줄 알았는데

어전히 내 시 속엔 '악천후'가 떠돈다

우글거리는 아웃사이더의 감정

칼날처럼 예민하게 날 선 감각

내가 시가 되고

시가 나를 길들인 지점

또다시 나만의 '독립 정부'를 세우고 말았으니

이것은 시가 나에게 부여한 천형이다

3부

4부

1부

통조림

겨울잠 자기에 가장 좋은 곳은 통조림 속이다
이렇게 완벽한 밀봉은 처음
모든 수식어가 바깥에 머문다

이곳에서 1인극은 생리적 현상
숨이 막혀도 웃을 수 있고 들키지 않게 울 수도 있다
그대로 멈춰서 극한의 목소리를 삼키면 그뿐

믿어야 할 것은 오직 잠이고
유통기한은 무한대니 적을 필요가 없다
용도는 단순하게, 목적은 비릿하게

미발견종으로 1000년쯤 살다가
우연히 발견되는 고고학적 취향을 즐기자
미라가 돼서 타인의 꿈속을 유령처럼 걸어 다니자

누구든 통조림 안이 궁금해서 서성이게 만들면 된다
한참 후에 발견될 유언 몇 줄을 바코드로 새긴 상태면

족하다

어떤 천사가 뚜껑을 딱하고 딸 때까지
처음 그대로 변질도 없이 참다가
젓가락을 가져가는 순간, 꿈틀대면 되는 거다

계절은 딱 하나다, 궁핍도 가난도 비굴도 없다
머릿속 황사가 걷히고 심장 속 늪지대가 마르고
내가 나에게 들려주던 거짓말도 삭제된다

누군가를 저주하던 버릇은 버린 지 오래다
그런데 왜 증오는 토막 난 후에도 싱싱해지고 있는 걸
까, 점점 더

물고기인간

엄마 내가 전체적으로 물고기인가요? 넌 지느러미 없이도 골방을 잘도 헤엄치잖니 엄마 지겨운 까치 소리 좀 꺼 줄래요 신경 쓰지 마라 넌 인어(人魚)가 아니라 인조인간이란다 그럼 엄마 난 슬플 때 교미를 해야 하나요 섹스를 해야 하나요 물을 채워 주마 익사한 채 흐르거라 산란도 교과서적으로 해라 짬이 나거든 어제 마감된 원고나 써라 엄마 엄마의 옆구리에서 자꾸 아가미가 삐져나와요 신기해요 만지면 비린내가 자라날까요 난 너에게 어항을 사준 적 없잖니 싫으면 물방울로 번식하거라 그럼 엄마 생일날만이라도 미끌거리는 미역 줄기를 심어 주세요 얘야 물고기는 죽어서 회를 남기고 죽은 물고기는 다시 죽어서 젓갈을 남긴다 이제 그만 눈을 감았다 따라 버릇은 바뀌고 태도는 쓸데가 없단다 뚜껑을 닫으마 그리고 넌 전체적으로 아가미란다

압정의 날들

어느 날은 서랍 속에 녹슨 압정이 너무 많아 입안이 불편했는데

메모판에 혀를 꽂고 말리는 상상을 하고 싶었는데

오래전엔 내가 매달아 놓은 어머니에게서 어떤 기념할 기미도 없었는데

일정은 늘 빡빡하게 웃으며 흰수염고래나 노간주나무를 불러들일 틈을 허락하지 않았는데

마감할 수 없는 마감일을 예약하기 시작했는지 궁리는 늘 궁한 변명처럼 느껴지곤 했었는데

단 한 번도 미래가 그림자보다 선명한 능력을 보여 주지 않아서 밤을 낮보다 더 신봉했었는데

오지 않는 사람을 탓하지 않으려는 순간, 늦게 도착한

한쪽 발을 추궁하지도 않았는데

　찔린 눈동자에선 선홍 피 대신 선홍 녹이 뚝뚝 떨어지
고 있었는데

위로 떨어지는 사람

넌 키 작은 4번일 뿐이야 4번 타자는 좋지만 4번은 나쁜 것, 첫 번째 앞줄 발각되기 좋은 자리, 분필 가루 먹기 좋은 자리, 안경도 없이 준비물도 없이

'새나라' '새마을' '새엄마' '새아빠'의 '새'는 날아다니는 새가 아니니까 자꾸 '새아들'이 되기 싫어도 어쩔 수 없어

철봉이 네게 4교시 끝나고 했던 말, 넌 이제 그만 매달렸으면 좋겠다, 태어날 때부터 4번

대롱대롱이란 말은 결코 위로가 되지 않아, 아래로 머리를 향한 채 쏠림의 방식을 즐기는 수밖에

구름 사이로 장딴지들이 지나갈 때 물이 오른 계집애들의 치맛자락은 늘 황홀했지, 휘파람을 부는 수밖에

그냥 4번을 끝내고 싶지만, 다리를 풀고 완전히 떠나고 싶지만 관심사는 오직 떨어진 후에 다가올 비웃음

노을 속으로 한 방울 한 방울씩 뒤틀린 생각들이 빠져 나갔지. 너무 일찍 판단 중지된 세상. 정수리가 닫히고 있었지 꿈의 성장판과 함께. 담임이 다가왔지 4번 이 자식, 10분 더 추가!

검은 우산

검은 우산이 펼친 상상은 딱 고만고만했다 입을 오무
렸다가 벌린 상태, 고만고만 친절했다 그러니 오늘 급체
처럼 뛰어든 유기견에겐 잘못이 없다 젖은 몸을 터는 순
간에도, 축 처진 꼬리를 뒷다리 사이에 감출 때에도 비
는 비의 감각으로 쏟아졌고 개는 개의 감정으로 웅크렸
다 저 눈망울을 어디서 꼭 한번 본 것 같은데, 나의 상상
은 짖기를 곧바로 멈췄다 신앙이 될 때까지 맹목적으로
얌전해지려는 어떤 본능이나 본성이 내 안에 있었던 것
일까 그전에 나에게 뛰어들던 늙고 병든 개들은 다 어디
로 가서 죽었을까 윤리의 영역은 우산이 정할 뿐이라서
막차가 오기만을 나는 기다린다 나쁜 것이 평범해지고
흘러내림이 순조로워지도록 내버려 둔다

그러나 누구나 안쪽으로 범람하기 쉬웠다 검정 위에
검정을 기록하는 것이 불가능한 일인데도 검정은 쉽게
자신을 들켰다 내가 우산을 접고 종점을 알 수 없는 버
스에 오르면 개는 나를 물 것인가 용서할 것인가 마지막
에 나는 개가 가진 상상에 목줄을 채워 주고 떠나야 한
다 세상으로부터 거세된 건 개일까 나일까, 하는 질문을

거둬야 한다 난 여전히 용서나 화해 같은 단어와 어울리지 않는다 목젖이 있어도 으르렁거릴 수 없는 외곽, 우산이 접히는 순간 개만 남고 나는 사라질 엔딩을 기다린다 이해한다, 이해할 것 같다를 반복하며 비는 짙어진다 루저와 루저의 대화를 끝내려는 듯, 자꾸 가랑이 사이로 파고드는 절뚝거림을 밀어내려는 듯

객관성

흔들리는 것 뒤에 흔들리지 않는 게 있다고 한 번 더 믿는다

녹슨 못이여, 여행이란 말을 걸어 놓고 패배자를 추궁하지 마라

태초에 요일은 나눌 필요가 없었고 숫자는 한 가지 색깔로 한심해졌어야 했는데

전국일주 가이드북은 3년 전에 버려야 했었는데

벽 대신 내가 두꺼워지고 말았으니

패배자의 생각 안에 구멍을 뚫고 창문을 그리지 마라

창문이 흔들리는 건 바람 탓이 아니다

무모하게 하루 만에 불행해진 광장에 대해

삶이 온전히 자기만의 것이라고 중얼거리는 주관성에
대해

비난하지 마라, 항상 머뭇거림이 병이다

방을 빠져나가는 순간 객관적으로 나는 증명된다

어제도 오늘도 나는 '루저'일 뿐이니까

단지 조금씩 때때로

나의 사소한 울음 때문에 날씨가 민감해진다

포도주를 마시며 과장된 보라색에 젖는다

못난 태도에 대해 13도 알코올 성분이 추궁한다

잔의 성격은 일정한데 왜 너만 그렇게 변덕스럽냐고

애매하게 지켜봐 주는 애인이라도 있으면 좋으련만

그냥 막 사랑해도 괜찮을 종말이 있으면 편하련만

1인용의 테이블과 1인용의 접시 앞에서 2인용의 측은
을 내민다

오늘 어땠어? 하고 물어보는 여자가 사랑스러울 때는
이별을 예감할 때다

침대가 유행을 타듯 사람을 바꾸는 일은 흔한 일

고집스런 밤과 고장 나지 않은 아침 중 하나를 선택하는 것은 남겨진 자의 의무

무너져 가는 것은 결국 날카로운 예감을 받아들이는 일이다

당신은 옛날 사랑으로 기록되기 싫어서 먼저 등을 보인다

단지 조금씩 때때로 찾아오는 감옥이 완성되는 줄도 모르고

은둔자

지하실이 나의 신앙인 것은 매우 적절하다
층간 소음은 생각을 제거하기에 충분하고
집주인의 도덕과 윤리는 흡착률이 좋다

본능적으로 우린 지하실에서 지하실을 잊는다
고상한 천장을 상상하며 창문을 쳐다보지 않는다

위층 여자를 나는 이불 삼아 덮는다
여자의 꿈이 내 안으로 스며들 때까지
불면 위에 불안을 포갠다

산다와 살다와 살아지다의 차이점을 알려고 할 필요
없다
그 모든 것은 악몽으로 치환되고,

날짜와 시간을 알리는 사물을 버리지 못한 것에 대해
암막 커튼을 치고 모든 소리 잠그지 않은 것에 대해
꿈속에서 후회한다

미세한 꿈틀거림만 있어도 독백은 나를 참견한다
어둠을 적당히 방치할 순 없는 건지
방치를 끝까지 사랑할 순 없는 건지

친애하는 은둔이여!
내일은 하루 종일 비가 되어 내리길
무작정 쏟아지길…

나를 완벽하게 은닉하기엔 손바닥만 한 창은 충분하지
않고
나를 호출하기엔 신들은 한가롭지 않으니
쇠창살처럼 단호하게 아름답게 꽂혀 주길…

포비아(Phobia)

　지구 반대편 마을에 부슬비가 내려 지금 막 내 귀가 간질거렸던 거야 나의 건조한 목소리를 다른 계절 속 먹구름들이 듣고 있었던 거야 무책임한 상상으로부터 소름이 돋아 올지도 몰라 아무도 나를 의식하지 않을 땐 신경질적으로 긁어 줘야 해 밖이 두렵지 않은 척하면서 너머를 해석하는 버릇을 사랑해 줘야 해 의사는 항상 내게 입김을 불어 주었지 괜찮아요 조금만 용기를 내 봐요 일찍 자고 일찍 일어나서 일찍 손가락장갑을 끼어요

　그래서 난 마지막까지 긁는 사람으로 남을 거야 성분이 눈물로만 된 물집을 수십 개 갖는다 해도, 지독한 간지러움이 위악을 동반한다 해도 납득 못 하는 당신들을 위해 내 몸속 벌레들을 모두 쏟아 내고 말 거야 수백 번 손톱을 속이는 건 쉬운 일이야 가려운 건 타인들이 보낸 신호일 뿐이라고, 생살을 부추기는 것이 내가 아니라 문 밖의 초인종일 뿐이라고 피가 묻은 손톱에게 속삭이면 돼

그럴 리는 없겠지만 누군가 당신은 동굴입니까? 광장
입니까? 묻는다면 난 대답을 거부할 거야 내 몸속 시커
먼 광장을 질문자는 모를 테니까 광장 속에서 내 기억을
먹고사는 박쥐들을 발설하긴 싫으니까 불을 켜는 순간
후드득 떨어져 죽고 말 낯설음을 들키긴 싫으니까 병균
이 득실거리는 태양에게 저주를 보내고 싶어 나를 한 번
도 떠난 적 없는 위생적인 어둠에게 내내 복종하고 싶어

세 번째 문장으로 나아가지 못하는 이유

우글거리는 피비린내를 시 속에 적고 있던 나는 누군 가의 공포이거나 울음이거나 하는 것들을 복잡하게 만 들어 버리기 일쑤였는데,

두 번째 문장에서 아까부터 고양이가 물고 할퀸 것은 싱싱하지 않은 핏덩어리

바닥을 추종하는 비굴이거나 퇴화된 통각이거나 아무 도 쳐다보지 않는 맹목이거나

무서운 발톱을 뒤집어쓰고 골목과 염증 사이를 활보하 면서 시가 되길 거부하는 것들을 할퀴고만 있었다

시어들의 사생활이란 코끼리가 하늘 위를 난다거나 뱀 이 백지처럼 조용하다는 허풍이 아닐 텐데

겨우 표정을 간수하고 있던 몽상과 환상을 조곤조곤 답습하면서 창문 너머 응급실을 내다보는 취향을 그만

멈춰야 할까

　지금껏 한 번도 불이 꺼지지 않았던 응급실, 그 지독
한 실패를 천사들은 뭐라고 부르고 있을까

　궁금해하다가 엉성하게 상징이나 암시를 흉내 내고 있
던 동공 하나를 보고 말았다. 쓰레기통에 고개를 처박고
있다가 나에게 들킨 내 눈동자들

　지금 등 뒤에서 나를 클릭하던 신들은 알고 있을까,
소스라치게 놀란 문장의 안색을, 소멸을 뒤집어쓰려다
들켜 버린 어설픈 마무리를

수명 다한 형광등을 위한 노래

그 모든 걸 지켜본 건 형광등뿐이다

빈방에서 빈속을 달래느라 빈 병이 될 때까지 마셨고

불만에 찬 곰팡이가 장판 밑에서 스멀스멀 번식하는
걸 방치했다

어떤 날은 애인을 두고도 자위를 했다

몇 번의 졸업식이 끝나자 계집애들은 엄숙해졌고 미래
는 변덕스러워졌으며 현재는 산만해졌다

난 마지막 거처인 나에게 한심하게 얹혀살았다

부재를 확인하기 위해 죽은 사람의 이름을 부르다 서
글퍼졌다

심장이 허전할 때 긁지 말아야 하는 규칙을 또 어겼다

아무리 새로운 하늘을 끼워 넣어도 오늘의 창문은 늘 불편했다

형광등도 얼마나 힘들었겠는가, 다크서클이 더 진해졌다

집착을 악착같이 허공에 버렸고 당신이 없는 방향에서 바람의 충고를 씹었다

돌려줘야 할 열쇠를 만지작거리다 끝내 돌아선 사람처럼

그리움은 속물적인 것이었다. 해가 뜨기 직전처럼 난 늘 각박했다

엔딩극장

그 시절 난 매일 시체였지
시체를 흉내 내지 않고 그냥 시체

시체를 사랑하는 건 관 뚜껑
관 뚜껑 바닥에 시체가 조시(弔詩)를 쓰지

12월 다음에 12월이 반복될 때
우리의 이별은 완벽해진다
죽은 감각이 부글거리고
나는 기꺼이 까마귀에게 내 급소를 들킨다

첫 행은 지극히 밋밋했고
마지막 행은 극단적으로 맥박이 없었지

시를 보존할 방부제가 필요했지
모든 창문을 밀봉할 암막 커튼이 필요한 것처럼

어떤 움직임이 빠져나가지 못하도록

미열처럼 손가락만 겨우 살아 있도록

골고루 외부인의 목소리가 들려왔지
시에 미친 놈, 간명하게 욕이 뱉어졌지

한 명이라도
단 한 명이라도
'혁명을 흉내 내던 요절'이라고 하면 좋으련만

별들의 통곡은 쏟아지지 않았고
글자들을 갉아먹던 벌레들은 비웃음으로 일관했지

마침내 나는 용의주도하게 자학을 뒤집어썼지
아침마다 태양은 끝까지 파국을 확신했고…

찰나의 발견

1.

잉어가 할딱거리고 있다
얼마 만에 가물거리는 순간이 오는 걸까

나는 나를 몰래 지켜보기로 한다
빈틈도 없이
빠져나가던 숨이
당신의 깜박임 때문에 잘려 나간다

이게 진짜 패배구나, 싶은데
눈동자를 감출 수 없다
비는 끝내 오지 않고
신음 소리마저 시들어 간다

모든 파문이 바깥에 머문다

2.

'아직도'에서 '이미'로 바뀌는 순간이 온다

나의 친애하는 증오여! 분노여!

약관에 동의하십니까. 물을 필요 없다

여자와 폭우는 언제부터 한통속이었던가

누군가 사라진 자리엔 붉은 밑줄이 총총총 그어진다

온갖 결속들이여, 이젠 안녕

이 시대의 문법에 끝내 나는 맞지 않는 거다

한 번만 삭제 키를 눌러다오, 통각을 지워다오

선언

내가 일부러 그런 게 아니야
우리 사이의 결말은 처음부터 살아서 움직였던 거야

두툼해지고 있었어, 상처의 두께만큼

이별은 철탑이 뚜벅뚜벅 걸어서 산을 넘어가는 일만큼
흔한 증상이야
낯설게 익숙해질 필요가 있어

이젠 내 얼굴에서 그 어떤 기미도 꺼내지는 마
가능성은 이미 다정다감을 버린 지 오래

달의 비난보다 태양의 비난이 심할 거야
오후의 발작보다 오전의 발작이 더 싱싱해질 테고

모르는 척 나를 방치할 순 없겠니?
숨소리 너머엔 소독약 냄새만 득실대고 있을 뿐이야

너는 지금도 울면서 우기고 있어
관심을 가지면 관심을 꼭 저장해야 한다고

난 다만 선언하고 있지, 너와 오해를 섞느니 차라리 떠
나고 말겠다고

불안한 척, 불쌍한 척은 이제 그만할래
내 입장은 사라지기 직전이야

그냥 오늘의 바람이 편파적이었다고 생각해
난 무척 바빠졌어, 알약들을 삼킬 시간이거든
관 모양 닮은…

크레이터

달을 삼키지 않고는 견디기 힘든 실패다
곪아 터진 걸 들키지 않으려고 웃고 있는 저 달 아래
누군가 나 대신 치욕을 참고 있다

왜 중심은 쓸모없이 위험한가

바람이 앉았다 간 자리 새알이 있고
비가 앉았다 간 자리 안개가 있는데
당신이 앉았다 간 자리엔 증오만 있다

아무도 나쁜 높이에 대해 말해 주지 않기에
난간의 승리를 접어 두기로 하자

　달을 넘보던 구름만 무탈했으니 나는 완벽한 패배로
증명된다

폭우가 오지 않는 날엔 뒤돌아서지 않으려 했다
잘 가라고 흔드는 손 따윈 없어도 좋았다

그런데 오늘은 달에게 쉽게 낭떠러지를 들키고 만다

심장 속에 만월은 없고 그믐만 있다만
황무지는 없고 수렁만 있다만
시래기처럼 바짝 나를 말려 달무리 속에 풀어놓으련다

달 속엔 도달할 수 없는 데인 자국이 많다
달을 품을 수 있다는 고집을 당분간 부리지 않을 테다

푸시

나 오늘 밤 절벽에게 고백할래

사람은 새가 될 수 없지만 새를 품을 순 있다고 말할래

새를 꺼내는 그 순간, 1초 동안의 긴 고백

어둠이 왜 이렇게 투명한 건지

윤곽을 가진 것들이 온전히 자신을 다 드러내 놓기 좋
은 시절이라고

속울음까지 들킬 것 같아

불편이나 불안의 차이를 알 필요 없을 것 같아

노크를 하듯 툭, 머리로 지구를 한번 두드려 볼래

손을 쓰지 않은 채 밀고 있는 사람들을 위해

미리 써 놓은 유서를 방치해 둔 채

절벽 아래 스프링은 없지만

몸 안에서 잔뜩 부풀길 좋아하는 관념어들을 위해,
폴짝 뛰어 볼래

물론 고백은 자정이 적당하겠지만

자정이 지나도 계속해서 어둠 다음에 어둠이겠지만

한 번의 고백으로 절벽 없는 날이 완성될 순 없겠지만

그래도 온전히 선명해지려는 태도를 참을 수 없으니

나 오늘 밤 절벽에게 반드시 고백할래

어중간한 태도와 가면을 전부 벗어던지고

불편한 프랑켄슈타인을 끝장내 볼래, 진짜로 폴짝

2부

시작법(詩作法)

　월요일의 노래가 금요일까지 살아 있다면 당신은 하나의 비상구를 갖고 있는 거다 악몽이 뽑힌 자리마다 고여 있던 목소리를 감지한다면 당신은 요절한 시인 한 명을 알고 있는 거다 때론 세워진 시집보다 누운 시집이 당신을 머무르게 한다 누운 시집보다 엎드린 시집이 통증을 해석하게 한다 읽다 만 부분부터 해설에까지 닿았을 때 단 한 줄의 앙금이 심장 근처에 머물러 있다면 당신은 그날 밤 부끄러움 한 소절을 품게 되는 거다

　당신 안에 자리한 깜깜한 페이지와 오탈자를 증명해 볼 일이다 그럴 때는 피곤한 자해나 친절한 자학 안에서 오랫동안 머물러도 좋다 성욕 대신 식욕이 불끈불끈 자라날 거고, 토마토가 신앙으로까지 발전할 수 있을 거다 개보다 토마토를 사랑하게 될 때 역설의 역설이 꿈틀대고 상징 다음에 상징이 배경으로 깔릴 거다 토마토가 오랫동안 이빨을 갖지 않는 이유를 추궁하면서,

　이제 당신은 안개 속에 손을 집어넣고 낯선 손과 불투

명한 악수를 할 수 있다 자꾸 뒤돌아봐도 토마토에겐 슬 럼프를 견뎌 낼 근육 따윈 없지만, 금요일의 후회가 월 요일까지 살아 있기에 당신은 운명처럼 집착 하나를 복 습하게 된다 그 순간을 잊어서는 안 된다 집착이 위험한 늪지대를 갖고 있다는 것을, 뿌리의 감각까지 삼키고도 무표정하다는 것을, 이제 집착 앞에 공손해지면 된다 눈 을 감고 떠도는 문장의 살덩어리를 뱉어 내면 된다

얼음 위를 걸어간

새를 따라가던 사람은
얼음이 녹을 때쯤 새가 될 가능성이 높다

그러나 귀신의 발자국까진 따라가지 말았어야 했는데,

혹한은 너무 많은 수렁과 실금을 숨긴다
목소리가 아직 저수지 안쪽에 있다

제1아해가 직설적으로 걸어간다 제2아해가 그까짓 거
하며 걸어간다 제3아해가 엿먹어라는 듯 걸어간다 제4아
해가 미끄러지듯 걸어간다 제5아해가 갈라진다

우리는 멍하니 또 하나의 유령을 저장한다
물가에 서서 떠도는 귀신을 이해한다

그러니 언 강이 풀릴 때는 뒤뚱거리는 오리를 조심하라
어떤 족적은 그것이 곧 유언이다

기념일

젖는 줄 모르고 젖을 때가 있다면
는개가 몰래 다녀간 거다

습(濕)은 내리는 게 아니라 풀어지는 것
당신의 우울처럼
뭉쳤던 달의 근육처럼
태양의 망언처럼

그러니 월요일에 비가 온 건 월요일 잘못이 아니다

우리는 각자의 항생제를 찾아다니며 비를 탓할 뿐
비 때문에 이별을 하고 사랑을 하고 흘러내릴 뿐

저기, 우산을 위해 출몰한 남자가 온다
여기, 애인도 없이 빗소리가 되어 가는 여자가 있다

나는 남자의 애인도 여자의 남자도 아니라서
침묵과 오해, 소문이 섞이길 기다린다

확실한 건 월요일엔 월요일이 온다는 거
우적우적 소문을 씹어 먹으면 월요일을 만날 수 있다
는 거

기다리는 사람은 한 번 더 오늘에 가깝다

오직 자신만이 자신을 기념할 뿐이므로
이미 헤어진 줄 모르고 기다릴 때가 있으므로

사랑과 악천후는 이질일까 동질일까

사랑 안에 악천후가 떠돈다
악천후 속에 사랑이 흐른다

당신의 몸속에 스프링이 자라고
내 몸속엔 스펀지가 자란다

스프링 위에 당신이 택한 이야기를 올려놓으면
현재형은 짧아지고 과거형만 길어진다

소나기 속 소년은 어디로 가서 늙었을까
푹신한 돌멩이와 하얀 스커트
옛날이 돼 버린 흙탕물은 어느 시절에 건조해졌을까

발단과 전개도 없이 위기를 지나는 사람이 있다
위기 다음에 또다시 위기로 치닫는 사랑이 있다

아무리 노력해도 스프링은 완벽한 직선이 될 수 없고
숨결을 들이마셔도 스펀지는 최초의 눈물을 저장할

수 없다

　그러니 우린 날마다 먹먹한 절정들

　반드시 졸작들

달아나는 레슨

너의 미술은 지칠 대로 지쳤다

네가 그린 빌딩 사이로 갈증이 흐른 뒤
혀를 늘어뜨리는 프레임은 견고하다

처음도 선이고 마지막도 선인데
아이들은 너무나 일찍 놀이터를 그만뒀다

액자 속 잉어가 팔딱거리고
교차로에선 속보들이 제멋대로 충돌한다

넌 새엄마와 인사를 한다
잘해 보자는 뜻이었을까 헤어지자는 뜻이었을까

일렬로 선을 채우며 맨홀 속으로 사라지는 개미들
밑줄이 되고 싶어 고개를 파묻은 채 땅만 본다

직선 다음에 직선

바닥을 적극적으로 편애하는 직진

평가는 단호하게 이루어지고
너와 너의 그림자를 위로하기 위해 도화지가 모래성을
가두려 한다

새엄마는 아랫사람의 도리, 즉 아랫도리를 가르친다
아, 허공을 찢고도 피를 흘리지 않는 새들이 부럽다

비상구 표지판 속 뛰어가는 사람처럼 넌 갇혀 있다
윤곽을 벗어나는 기법을 습득하는 것이 급선무인데

4B연필이 무른 발목을 다 내주듯이
넌 지금도 자신을 끊임없이 마모시키는 중이다

용도 변경

여기, 아주 천천히 놀이터가 어두워지는 걸 혼자 지켜보는 아이가 있다

저기, 낭만적으로 아이를 감시하는 불 꺼진 창문이 있다

손가락을 잊은 듯 이름은 쉽게 감춰지고

버려진 게 아니라
부재를 잠깐 허락했을 뿐이라고 바람이 위로할 때

체념을 복습하던 그네는 질문을 멈추고
시소는 끝내 수평을 버린다

아이 몰래 어른이란 짐승이 자라고 있었을 거다
마지막 울음이 선언이었던 것처럼

아이는 모든 친절과 속물이 이해되기 시작한다

어떤 어른은 반드시 저녁에 시작되니
지금부터 아이의 보호자는 어둠이다

농도가 진한 한 가지 색깔이다

안개와 광장

안개가 짙게 낀 날에도 새들은 특집으로 날아와 운다
안개의 무엇이 새들을 편집하게 만들었나

안개는 고속도로를 좋아하고 고속도로는 앰뷸런스를
끌어당기는데

위험한 생각들이 질주를 멈추지 않는다

광장을 수직으로 하나 더 만든다, 열리는 순간 1초 만
에 닫히고 마는, 펼칠 타이밍을 생각만 해도 안녕, 안녕,
안녕 세 번의 목소리가 들리는

길고 선명한 절취선, 그 속에 손을 쑤욱 집어넣으면 선
명한 통곡이 잡힐 거다, 만지는 순간 숨이 턱턱 막히고
내가 나를 마지막으로 껴안는 느낌

안개는 뚫을 순 있어도 건널 순 없다 어제와 오늘 사
이 누군가의 울음소리가 하나 더 생기면 너머의 너머를

꿈꾸던 무모한 생각은 실족하고 만다

　돌아오지 않겠다고 나는 왜 확신하는 것일까 불가능이
짙어지면 당신에 대한 가시거리는 멀어지고 새들의 목소
리만 들끓는다, 안개가 또다시 나를 부추긴다

꽃과 노인

노인이 돌아볼 때마다 꽃은 숨을 참았다

굽은 허리를 보며 꽃은 직립에만 집중한다

무너지려는 자세를 들키고 싶지 않아서 노인은 꽃과 대화한다

한숨 더운 숨 거친 숨 끓는 숨

들숨과 날숨 말고도 인간이 가진 숨은 너무나 많다고

입장을 품고 숨이 번갈아 가며 찾아온다고…

꽃들은 매번 다른 무언가가 된다

꽃은 위로 꽃은 사랑 꽃은 내일 꽃은 목격 꽃은 당신

대답 없는 꽃은 피었다가 씨앗이 되었다가 떨어지기를

반복했고

  씨방 속에 할 말을 숨기고 있다고 노인은 끝내 믿었다

  꽃잎들이 무덤처럼 수북했다

  노인이 혼자 죽은 날, 꽃은 그제서야 비로소 입을 열
었다

  알몸으로 태어나 온몸으로 살다가 맨몸으로 죽어 간
여자가 여기 있어요
  빨리 그녀를 꽃상여에 태워 주세요

우호적인 사명감

당신은 오늘 복도가 되어 보기로 합니다 초 치는 날이
많은 당신, 미끄러지지 않도록 복도가 당신을 향해 걸어
옵니다 당신은 우호적인 학교를 구성합니다 우호적인 선
생님과 우호적인 칠판 우호적인 분필 우호적인 걸상과 의
자 우호적인 출석부가 있어 당신은 우호적인 복도에서 떠
돕니다 우호적으로 창문을 깨고 우호적으로 교무실을
방문합니다 우호적으로 무릎을 꿇습니다 우호적인 체육
복이 당신을 기다립니다 운동장엔 우호적인 바람이 불
고 우호적인 철봉에 매달린 당신 그림자가 보입니다 당신
은 아무 목적도 없이 지나가는 계집애와 입을 맞추는 상
상을 합니다 우호적으로 뺨을 맞고 우호적으로 키득거립
니다 얼마나 우호적으로 시간이 흘렀을까요 우호적인 상
태로 노을이 집니다 방향을 계산하지 않고도 우호적으
로 새가 둥지로 날아갑니다 공무원들이 우호적으로 국기
게양대에서 태극기를 내리고 당신은 가슴에 뻐딱함을 얹
고 우호적으로 애국자가 됩니다 독백이 칼날이 되어 우
호적으로 자라나기 시작합니다 교문이 닫히고 우호적으
로 운동장에 당신만 남겨져 있습니다 풍경은 주어진 것

이 아니라 구성하는 것이라고 우호적으로 위로합니다 당
신은 책가방을 메고 우호적으로 달립니다 당신이 만든
기억을 빠져나가려 하는데 당신은 우호적으로 서른입니
다 우호적으로 서른을 반복합니다

빈집

깨진 항아리에 고인 새의 울음을 생각하며 편지를 써요

마당의 기분이나 기둥의 감정이나 틈의 짜증을 중얼거리며

우글거리는 홍문을 씹고 또 씹어요

쓰르라미가 나에게 하는 사적인 고백이 당신에게 들릴까요

귀가 간질거리면 누군가가 자신의 말을 하고 있다는 속설이 있지만

그런 고전적인 우화 따윈 믿지 마세요

빈집에서 자라난 독니의 방향을 날카롭게 믿어 봐요

나는 왜 지금도 사라진 입술의 온도를 믿고 있는 걸까요

부재를 견디기 위해 독신에 중독됐다면 사치스런 궤변일까요

오늘도 오려내기 잘라내기 붙여넣기 버리기를 반복하고 있어요

당신이라는 출처는 어디입니까

골목b

달은 흐느낌을 버리면서 기울어지고

버려진 매트리스가 오래된 비만과 불륜을 누설 중이다

소읍을 주름잡던 골목의 아이들은 다 어디로 갔나

대략을 지나 난감 속을 걷는 마흔의 사내들이

조등이 걸린 전봇대 아래에 오줌을 갈기면

추모의 감정도 없이 외등은 침울해진다

친구 하나가 암처럼 살다가 암에 먹혀 죽고 말았다

영원히 부치지 못한 편지처럼 안부가 봉해졌다

왜 수많은 사춘기는 찢어지기 위해 태어났었고 아침은
왜 늘 부끄러웠던가

불특정 다수를 위한 낭만적인 개천이 악취를 풍긴다

용은 애초의 당신처럼 날개가 없다

우리는 스스로 마흔 개의 늪이 되어 가고 있었던가

골목 너머 풍경을 사랑하지 말았어야 했다, 기대하지
않았어야 했다

골목보다 골방을 더 믿었어야 했다

동안거(冬安居)

그는 점점 얇아지고 있다

또 하나의 소실점

얇아지고 작아져서 첩첩산중 안으로 사라지고 있다

미궁을 향해 총 총 총 걸어 들어가는 말줄임표

헐벗은 산짐승들도 잠시 배고픈 울음을 멈추고 묵언
수행 흉내를 낼 거다

마침내 거대한 마침표가 되어 면벽이라는 옷을 껴입고

자신이 투명이 될 때까지 얼음 문장을 다듬고 있을
거다

내내 지속적인 극한

비유도 상징도 필요 없는 몸짓으로

이곳에서 저곳으로, 저곳에서 이곳으로 넘나드는 사
유들

그런데 이름을 완전히 지운 후에도 채록되는 여운이
있었으니

여운은 시가 되고 시는 질문처럼 살아서

최초이자 최후인 고백이 돼도 좋으리라

가끔 입춘 쪽에서 날아온 새가 석탑 위에 앉아 참선을
하는 때가 있다

깨달음의 본적을 알았다는 듯이

맨몸으로 갔다가 다시 맨몸으로 돌아온다는 듯이

망치에 대한 유순한 증언

맨발이다

올 때마다 적극적이다

다녀간 자리엔 몇 마력의 신경질이 부서져 있다

난 백지처럼 납작해져 숨을 참는다

구겨지지 않으려는 생각으로 창백하다

확고하다

분명한 각도를 실천하는 계단처럼

주사위를 던져야 할 때 십자가를 던지는 사람처럼

망치, 나지막하게 이름을 부르면 끝장이다

여차하면 너 죽고 나 죽고다

어느 순간에나 어디에서나

밑바닥이 된 자 뒤에는 망치가 있다

망치, 다음 장면을 떠올리는 건 사치다

회색 감정

아이들은 그 순간에도 동글동글 태어났지
싱싱한 과일을 고르듯 천사가 천사를 쓰다듬었지
그걸 아는지 모르는지 눈송이는 숨소리 하나씩 달고
내려와
녹도 슬지 않고 배경으로 쌓였지
고양이들도 조심스럽게 걸어갈 것만 같은 백색 위로
새벽 근무를 마친 어린 간호사 하나가 걸어 나왔지
과일맛 사탕을 빨며
경쾌하게 쓸모를 빠져나오던 천진난만이란
아이가 순식간에 자란 느낌이랄까
그런데 데리러 온다던 애인이 오지 않는 거야
그때 비로소 회색은 시작되는 거지
폭설이 내려 백색을 덧칠해도
여자가 서성인 자리는 자꾸만 녹아내려서
불순물처럼 번져 갔지
눈발을 뚫고 앰뷸런스 소리가 가까워지고 있었지
여자가 출혈을 멈추지 않았을 가랑이를 떠올리는 건
위험한 일이야

순산한 미혼모의 기분과

난산한 기혼모의 기분을

알려고 해서는 안 되는 일이야

연애에도 감출 수 없는 진통이 있다고 믿으면 그만일 뿐

애매한 감정을 열 달 넘게 키우고 있으면서

애인은 왜 이중적인 호흡법을 숨기고 있었을까

여자는 자신에게 자꾸 되물었지

애인을 누가 나 대신 받아 내고 있던 걸까

그런데 천사는 어느 애인으로부터 태어나는 걸까

입술의 방식

입술을 멈추게 하는 건 입술입니다
층층이 입술을 쌓아 올리면
입술에게도 입장과 무게가 있다는 걸 알게 됩니다
눈을 감고 있을 때
제일 먼저 떠오르는 입술이 바로 입장입니다
키스를 상상하면 안 됩니다
감옥은 더더욱 금물이고요
그러니 헤어질 때 풍경을 입안에 넣고 굴리진 마세요
캄캄하게 갇혀 있다 해도 배경은 배경일 뿐
후일담이나 비밀이 될 수 없습니다
차라리 인디언의 방식으로 입술의 다른 이름을 지어 보
세요
바람과 구름이 달콤하게 흩어지는 언덕
새를 간직한 우듬지의 사랑스런 곡선
어떤가요? 아리고 저린 이별 하나쯤은 견딜 만할 겁니다
기억이 왜 몰래 음미할 수 있는 기록으로 남지 않고
호명이나 대답이 되려고 하는지 알 필요가 없습니다
입술이 차마 당신 이름을 뱉어 내지 못한 건

하나뿐인 치명을 간직하고 싶어서입니다
입술을 지우는 건 언제나 입술입니다
지워진 자리에 맴도는 것은
언제나 당신이 남긴 당신입니다

냉장고의 재발견

　냉장고에겐 잘못이 없지 소주 2병과 500원짜리 싸구려 두부를 삼켰을 뿐이야 어떤 숨소리가 그 안에 기거하고 있었는지 아무도 몰라, 또 저러다 말겠지 열림과 닫힘의 사생활을 용인하는 순간 부글거리는 얼룩이 반복되는 것인데, 아버지는 견딤보다 숙성을 좋아했고 첨가물들의 유통기한은 징글맞게 길어져서, 끝내 어머니의 오장육부는 탈나고 말았지 더 이상 참을 수가 없었던 어머니는 재빨리 아버지의 반성을 냉장실에, 오지랖을 냉동실에 집어넣고 전원을 뽑아 버렸지

　너 때문에 내가 저 인간하고 살았던 거 알제, 내게 던져진 마지막 말은 누가 책임지라고…

　지금쯤 아버지는 지하 저장고에서 공동체를 꿈꾸고 있는지 몰라, 무심과 무능이 더욱 견고해질 때까지 흩어지고 있을지 몰라, 그런데 내 잠꼬대가 아버지를 닮았다고 아내가 말하고 있어, 이미 닮아 있다는 건 나도 오래지 않아 냉장고를 사랑하게 될 확률이 높다는 건데, 아버

78

지를 제일 먼저 떠난 것이 형도 누나도 아닌 냉장고였다고 믿고 싶었는데, 내가 이렇게 효율이 낮은 인간이었다니 어머니와 아버지는 어떻게 각자의 독방을 견뎌 냈을까 아, 독설의 슬픔이여! 밀폐의 감정이여! 나에게 연결된 아버지를 몽땅 뽑아다오, 난 지금 냉장고에게로 다가가는 중이다 아버지 몰래 소주를 마시고 다시 채워 넣던 어머니처럼…

3부

피크닉

근처엔 서정적이지 못한 흔해 빠진 아빠들

구정물처럼 흐르는 엄마들

마침내 소음들

익숙한 대사 몇 개를 골라 밀거래하는 의자들

이곳에서 뛰어다닌 풀밭의 위생 상태는 형편없고

돗자리 위 엉덩이는 김밥처럼 간소해졌는데

오래전 내가 놓친 풍선은 싸구려 헬륨 가스를 만났겠지

그러니 풍선을 요약하거나 번역하는 건 사람이 아니라
바늘

터지기 직전의 웃음은 삼가 주길

깜짝 놀라는 척하며

우린 오랫동안 4인이 3인에게 2인이 1인에게 내미는
불편들

해가 지고 떠난 자리에 남겨진 유실물들

보호자의 책임하에 버려진 일회용품들

발작

　자살한 여자의 몸을 찢고 나온 목소리는 그날 밤부터 새로 거주할 몸을 찾고 있었다 허름한 노래방 앞을 어슬렁거리며 목젖 잘린 유기견에게 다가갔다 허기를 달래려고 취한 구절 몇 개를 물고 외곽을 구성하려던 어설픈 개는 화들짝 놀라 달아났고, 목소리는 중심을 잃고 그대로 지하 노래방 구석으로 굴러떨어졌다

　몸을 떠나고 싶어 안달이 난 다른 목소리들에게 순식간에 에워싸였다 목소리는 절뚝거릴 틈도 없이 빠져나오려고 했지만 마이크의 추궁에 시달리고 말았다

　엄마는 밤에 피는 장미가 될 거란다

　아빠는 고래사냥을 떠날 테니 찾지 마라

　언니는 낭만 고양이를 키울 거란다

　목소리는 숨이 막혔다 목청은 집요하고 일방적이었다 참을 수가 없었다 자음과 모음이 떨어져 나가고 몸이 흩어지기 시작했다

　ㄱ ㅡ ㄹ ㅐ ㅅ ㅓ ㅅ ㅏ ㄹ ㄱ ㅗ ㅅ ㅣ ㅍ ㅇ ㅓ ㅆ ㅇ ㅓ ㄷ ㅇ ㅅ ㅣ ㄴ ㄷ ㅡ ㄹ ㅇ ㅓ ㅂ ㅅ ㄴ ㅡ ㄴ ㅎ ㅏ ㄴ ㅡ ㄹ ㅇ ㅔ ㅅ ㅓ

통보의 날들

통보는 목요일이 적당하고 혼자 몰래 우는 습관은 금요일이 적당하다

눈물이 휘발되기엔 토요일이 적당하고 태도를 진단하기엔 일요일이 적당하다

그런데 난 어쩌자고 일요일에 통보를 받고 운단 말인가

어떤 목소리를 갖든 패배는 간결하고 비웃음은 간편한데

거울 속 내 얼굴 안에선 낯선 문장들이 자꾸 발견되는데

어떻게 당신을 견딜 것인가, 일요일과 월요일 사이

정착은 멀고 믿음은 이미 낡았는데, 화요일과 수요일사이

뭔가를 감추기엔 폭설이 제격인데

잘 가라는 손 따위 흔들지 않기 위해

그 모든 실패를 알리기 위해, 가스가 샌다

필연이 되지 못한 건 항상 당신과 나뿐

여덟 번째 요일이 걸어오고 있다. 라이터가 필요하다

슬럼프

일요일 오후엔 익명을 예약해 두자
발목을 버리지 않는 나무들이 즐비한 숲속에서
한계선을 들킨 고풍스런 태도를 연출해 보자

익명이 탄생하는 대목에서 새가 울지 않는다면
발목 아래 작은 뱀들이 너와 나의 허락을 휘감지 않는
다면
모든 가면을 벗고 알몸을 실천해 보자

우리의 등 뒤엔 우리 아닌 것들을 보고 있는
눈동자가 너무나 많다
비난받는 습관을 선천병이라 여기며 이곳과 그곳의 차
이를 드러내 보자

숲에서는 위로받고 싶은 마음을 조절할 수가 없다
바위의 통증과 피곤은 보이지 않고 보호색만 가득하니
배고픈 벌레들을 위해 풀의 사랑법을 배워 보자

무명이 무성하게 자라나는 계절이 찾아온다면
절망이 귀신처럼 출몰하는 날들만 계속된다면
초록이 다 사라지기 전에 덩그러니 무덤 하나를 실천
해 보자

동반

세 사람이 죽기 위해서 지불한 비용은 5,900원
3.3킬로그램 연탄 한 장과 수면제 한 통
12시간 지속된 장례 절차는 친절했다

토하지도 벽을 긁지도 않은 채 꿈은 지속됐다

첫 번째 남자는 내가 모르는 남자다
두 번째 여자는 내가 아는 여자다
세 번째 여자는 내가 모르는 척해야 할 여자다

항상 이런 식이다
최초의 형상은 의문투성이고
스팸 파일처럼 누군가 꼭 끼어든다

나에게 남은 것은 소문이 될 나의 행방일 뿐

지금 내 앞에 관이 세 개나 놓여 있다
누구부터 잘못되었나 추궁하기엔 사흘은 너무 짧다

첫 번째 남자는 내가 모르면서 알아야 할 남자다
두 번째 여자는 내가 아는 만큼 모르는 여자다
세 번째 여자는 내가 모르는 척하는데 가까이 와 있었
던 여자다

그들에게 남은 건 이제 시간이 아니라 공간
땅을 열어 나를 먼저 묻어야 한다

죽음엔 지불해야 할 관계가 너무나 많다

여론조사

여론조사의 계절입니다

정치를 해 본 적 없는 시인이 산책을 합니다

질문이 쏟아집니다

당신은 나무들의 생과 죽음을 얼마나 기록했습니까?

마른 풀들의 뒤척임과 벌레의 꿈틀거림을 얼마나 끝까지 지켜봤습니까?

비유나 상징이 없는 존재에 대해 얼마나 알고 있습니까?

니코틴 알코올 방부제 없는 시어를 얼마나 뱉어 냈습니까?

이것은 관심과 무관심의 차이가 아닙니다

여기를 놓치고 저기만 허다해진 당신에겐

동식물성을 놓치고 물질성에 빠져 있는 당신에겐

선택해야 될 항목이 정해져 있습니다

구름과 바람과 태양의 관계를 얼마나 복잡하게 만드셨습니까?

시궁창에서 발견한 것은 역발상 말고 무엇입니까?

계절의 열림과 닫힘엔 누구의 우화가 필요합니까?

되돌아갈 생각이 암시되기 전에 얼른 대답해야 합니다
저녁은 힘이 세고 한입에 시인을 삼켜 버립니다
산책은 빨리 식어 버립니다
회피할 역설이나 아이러니를 찾지 마십시오
그것들은 모두 카타르시스의 가면입니다
질문 속엔 어떤 의도나 음모도 없습니다
자, 이제 멋있는 표현 죄다 빼고
담백하게
순박하게
즉흥적으로
단 한순간의 직감으로 언어 이전의 세계에 대해…

근린

근린, 발음하기 좋았다
초식의 감정을 가진 이웃들이
기린의 감정으로 살 것만 같았다
그런데 울타리 너머엔 울타리만 있구나
근린은 재빨리 공원을 구성했다
다닥다닥 붙어서 나무들을 키웠다
긴 의자 몇 개를 배치하고
요일마다 계절마다 다른 사상과 낭만이 앉았다 가게
했다
노인이 노인을 만나 노인을 이야기했고
혼자 남겨진 아이가 모래를 뒤적이다
혼자 버려진 구슬을 발견했다
아무 때나 출몰한 건 실업자였다
비난이나 조롱이 없는 곳에서
녹슨 운동 기구처럼 뻑뻑한 자세를 취했다
기계적인 한숨과
기계적인 자학을 늘어놓으며
또 다른 실업자에겐 자리를 양보하진 않았다

이쪽에서도 근린

저쪽에서도 근린

근린이 여치처럼 팔딱팔딱 뛰어다녔다

알몸으로 잔디밭에서 뒹굴기까지 했다

권태에 빠진 자와 권태를 향해 가는 자가

밤마다 마침표를 찍고 갔다

근린, 발음하기 좋았다

발음 이후 서로를 모른 척해도

아무도 이름을 묻지 않아 편했다

완벽주의자

깨지지 않는 접시가 나오면서 내 요리는 깨지는 접시
를 향해 전진한다

깨질 때의 완벽한 소리, 재료도 이별도 늘 싱싱하게 파
손되어 있다

깨지지 않는다면 아침의 요리를 창밖으로 던지며 선언
할 필요가 없다

그러니 완벽한 소문보다 금이 간 소문을 더 잘 손질해
야 한다

얇게 포를 뜬 소문, 이것이 오늘의 술안주다

식감이 좋은 악담을 소스로 뿌리고 악취가 번지도록
기다리면 된다

언제부터 우리가 완벽하게 비열해졌을까

생각하지 말자, 독이 묻은 칼날을 신뢰하자

칼날은 확고하다, 잘나가는 평론가처럼

졸업반

명사초청강연이 끝나고 우린 박수를 치지 않았다

줄을 서서 저자 사인을 받을 때도

설거지통에 담긴 그릇 같은 표정으로 사라졌다

우린 아프지 않다 아프지 않으니 청춘이 없다

청춘은 인문학도 실용학도 아니기에 푸른 척을 했다

지금까지 의자를 사랑한 건 대체로 엉덩이다

미래를 측량하는 일은 엉덩이에 맡기고

졸업에 들었으니 옛 애인이 사는 동네를 아무렇지 않
게 지나가야 한다

책 속에 누나가 웃고 있다 책 밖에 아빠가 코를 골고

있다

　잡티 하나 없이 깨끗하게 어두워질 수 있는 방법은 없다

　2월엔 온통 쓸모없는 날씨라서 도서관은 조용한 재채기를 달고 산다

　사람 되긴 힘들어도 괴물은 되지 않기 위해* 밀린 월세를 들고 밀린 건강 보험료를 내러 간다

* 영화 〈생활의 발견〉 대사 인용.

도시형 늑대

행성의 아침은 도식적이다

난 점점 검은 늑대로 진화한다

혀를 신뢰할 수가 없다

무의식적으로 회의(回議)를 하고 의식적으로 회의(懷疑)
를 한다

늑대는 경험이 많으니 복잡하지 않다

내 안의 기계가 모두 피맛을 본 지 오래

책상이 때론 사람처럼 편견을 씹어 먹을지언정

20세기적으로 유순해지고 싶지 않다

늑대는 서랍을 벗어난 최초의 습작처럼 비참을 넘어

처참을 반복한다

  실수는 흔하고 완벽은 겉과 속이 모두 바뀌지 않는다

  오만이 가득 찬 태양이 뜬다 안녕, 내 이빨을 잘 달
궈 줘

  늑대에겐 밤보다 아침이 더 포괄적이다

  그런데 태양의 긴 혀가 힌트도 없이 참견을 한다, 까불
지 마!

  질서는 오랜 시간 굶주리면 쾌활해진다

  비명도 슬픔도 벌레도 의자도 엉덩이도 육식을 버린다

  끝내 내 계급은 위독하지 않다 다정다감하게

복도

오직 센서만이 아는 세계
돌아오는 자인지 되돌아가는 자인지 구분하지 않는다

나는 계단식을 꿈꾸며 복도식을 살아왔다
여러 명과 겹쳐져도 한 사람인 척을 하며

주기적으로 환했다가 캄캄해지고
습관적으로 캄캄해졌다가 환해진다

누군가 불이야, 소리치기 전까지
그래서?를 품은 채 나는 나를 열지 않는다

어쨌든 나를 길들이기 위해
복도는 단단한 콘크리트를 제공했다

중간에 눕는 자들이여! 이젠 안녕
취한 자와 아픈 자를 끝까지 일으켜 세울 필요가 없다

아무튼 난 혼자다 원룸이다 싱글 침대다
나를 밀봉한 후 1인분을 증명하는 것만이 객관적이다

모든 존재는 들어서는 순간 경유지이고
빠져나가는 순간 종착지다

난 내일도 오늘처럼 통과할 것인가 건너갈 것인가
이미 복도는 시작되고 있다

레시피

오늘 태양의 요리는 볶음

주재료인 아버지는 철근을 엮으며 비실비실

숙취와 불면으로 알맞게 저며져서 최적의 상태

십장의 잔소리 한 모금 마시고

잔뜩 발효된 상태에서 흐물흐물 지하로부터 멀어지니

요리의 완성은 시간문제

1:1:1의 비율로 섞인 것은 엄마 새엄마 고지서

고열로 치닫는 30층 공사장에 던져 놓으니

질긴 정신줄 끊어 놓기 좋게

바람 한 점 불지도 않는다

시멘트 냄새가 적당하게 간을 맞추고

요리를 거절할 신은 하나도 없으니

공중에 새 한 마리 더 추가할 뿐이니

신선도를 유지하기 위해 재빨리 뛰어내릴 수밖에

아, 태양의 레시피는 얼마나 간단한가?

아, 이 요리의 가격은 얼마인가?

루저백서 1

이봐요, 드라이버 씨 내 시를 해체해 줘요
십자든 일자든 왼쪽으로만 돌려 줘요
꽉 조여진 난해성을 풀어 줘요
녹슨 상태만 지속되다 보니
행간에 상징이 자꾸 끼어들잖아요
언제부터 독설이 진행된 건지 알 수 없지만
지루해지거나 건조해지고 말았어요

거만하게 웃는 자음과 모음의 불안전결합이 보이나요
제일 먼저 제목이 가진 어설픈 포즈를 분해해 줘요
우드득, 뼈 부러진 소리 들리지요
괜찮아요 주목받는 시인도 아닌데요 뭘—
이름 따위엔 신경 쓰지 말아요
첫 행부터 어깨들이 우글거리지요
결핍과 따돌림으로 힘이 잔뜩 들어가 있으니
뭉쳐 있던 자존심을 사정없이 풀어 봐요
피가 한 방울도 나지 않는데도
전체적으로 아픈 척을 하고

생선도 아닌데 비린내가 우글거리지요

저 혼자 심각해져서 낭떠러지까지 흉내 내지요

왜요 버릴 곳이 없다고요 휴지통이 필요하다고요

배려 따윈 필요 없으니 맘껏 비웃어 줘요

난 1.5평 고시텔에서 시나 쓰는 루저니까

그러니 이젠 방향을 바꿔 심장을 향해 깊숙이, 깊숙

이…

루저백서 2

밤에 태어난 모든 해설은 문제적이야

오독오독 씹어 먹는 오독들인걸

좁고 긴 해설들이라니까

겨우겨우 소문들이면 어떻고?

아주 먼 데서 오는 속보들이면 차라리 좋겠어

식어 버린 특종들하고는 달라

턱이 아픈 종말들일 뿐이라니까

늙은 암캐 옆에 너무 많은 수캐들이겠지

흐르지 않던 침샘들을 어떻게 믿어

삐걱삐걱, 의태어를 갖지 않는 침대들에겐 뭐라고 하지?

소용없어, 안달이 난 애인의 목소리를 신문은 전해 주지 않아

그냥 배고픔에 이른 돌멩이와 식어 버린 계단들이라고 해 두자

제기랄, 무얼 지껄여도 맥박은 출몰하지 않잖아

집어치워! 모든 게 시급한 무관심일 뿐이야, 칼로리만 지나치게 높은

가건물

거처가 떠돈다
방황이 규격화된다
컨테이너 속으로 한 번 들어온 것들
웬만해선 빠져나갈 줄 모르고
금속이 인간을 품는 일이 허다해진다
전기장판이 아직까지 맥박을 증명한다
뜨거운 등
차가운 코
겨울엔 이중적인 날씨가 독감을 부추긴다
꼼짝없이 우린 서로 껴안는다
마스크를 착용한 채
튀어나오려고 하는 욕을 봉인한다
사장은 안식을 제공하는 좋은 사람이니까
교회에 가는 착한 사람이니까
기도할 때조차 땅값이 올라야 하니까
참는다, 체불한 일당을 받아야
겨울을 건널 수 있으니까
아침엔 손잡이가 얼어붙고

컨테이너 밖이 온통 백색이다
이 아름다운 폭설 앞에서 울고 말 것인가
웃고 말 것인가
우리를 위해 우리 빼고 다 황홀 속에서 밤을 보냈다

임시방편이 떠돈다
못이 박힌 바퀴처럼 굴러서
체인처럼 엮여서
연장통을 들고
생활은 없고
생존만 있는 지점으로
가건물은 어디에나 넘쳐 나니까
간격과 사이
더 벌어진 것을 우리만 실감하니까
사계절 내내
체감 온도가 항상 낮았으니까

수직 그리고 수평

단적으로 말해 수직은 좋고 수평은 나쁘다 그런 태도
로 나무나 풀이 자란다 다시 말해 수평이 없는 수직은
나쁘다 그런 목적으로 옥상 위 사람은 뛰어 내리고 그런
습관으로 돌멩이는 얼어 버린 수면을 탐문한다 엘리베이
터는 어떤가 수직은 착하고 나머지는 나쁘다고 말할 수
도 있겠는가 그 물음을 안고 건물로 들어서면 사무실 안
서열은 견고한데, 수평을 연기하는 상사에게 나쁜 수직
이 있다고 말할 수 있겠는가

물 위에 떠오른 아이에겐 수직은 어떤 악몽이고 수평
은 어떤 진술인가 사람이 죽어서 새가 되었다고 믿는 경
우, 새가 수평으로 천천히 날 때 지금은 가장 편안한 영
혼이라고 말할 수 있겠는가 아이의 미래는 분명 수평도
수직도 아닌 포물선이거나 과일이거나 굴러가는 바퀴일
수도 있었을 텐데…

유모차를 밀고 가는 저 노인은 어떤가 수평을 좋아해
요 수직을 좋아해요 물을 수 없지 않은가 구부러지려고

하는 수직을 지탱한 채 수평으로 미끄러지고 있는데, 아기 대신 검은 봉지를 신고 한참을 가서 텃밭을 맬 때 수평 같은 수직, 수직 같은 수평을 실천하고 있는데…, 호미로 유서를 쓰는지 편지를 쓰는지 캐낼 순 없지 않은가

어떤 비는 수직의 정신으로 내리다 땅에 닿기 직전 수평의 감정을 갖는다 그러니 수평이든 수직이든 머뭇거리는 버릇이 있는 건 다행이다 수직을 실천하기 직전 얼마나 많은 수평이 신발을 벗지 않으려고 애쓰고, 바닥에 닿기 직전 얼마나 많은 수직이 후회가 되지 않으려고 몸부림치는가

나와 당신은 무조건 한쪽으로 기울지 말아야 한다 수평을 품고 수직을 살든가 수직을 품고 수평으로 누울 줄 알아야 한다 사랑 앞에서든 죽음 앞에서든 수평과 수직을 나눌 수 없게 스며들거나 흩어지거나…, 이중성보다는 동시성을…

4부

일주일째 카레

친절

일주일째 카레를 먹는다 여자가 제일 잘하는 것은 볶고 지지고 섞는 일 조리대 앞 재료들 표정이 어둡다 당근과 양파에서 잘려 나간 줄기는 주말쯤에 시들었을까 출장 가는 여자에겐 낙천적인 뿌리가 있기나 한 걸까, 여자가 사랑한 비행기는 어떤 포즈로 상냥할까

비밀

이사를 하고 벽에 상처를 내는 데 익숙하다 상처가 생을 넘본다 벽은 용도를 변경하지 않는데 사람만 용도를 변경한다 당분간 너머가 궁금하지 않을 거다 초대하지 않아도 오는 사람과 초대해도 오지 않는 사람을 구분하지 않겠다 신발의 방향은 늘 현관 쪽이지만 마음의 방향은 늘 거실 쪽이다 벽처럼 서서 망각이 되고 싶은데 카레가 또 끓는다

자백

수요일 10시에 애인에게 자백한다 카레는 같이 못 먹

겠다고, 난 이미 바깥이라서, 더 늦기 전에 낡은 무릎이 되리라 통보한다 애인은 절대 울지 않는다 우리는 한때 일 뿐 한 방향은 절대 아니었으니까, 크게 한번 울지도 웃지도 못했으니까, 3분 요리 3분 통화 3분 사랑은 모두 당신 기준이었으니까

악몽

목요일에는 그 어떤 형용사도 되지 못한다 한 그릇의 카레로는 국경을 넘는 자를 음미할 수 없다 그릇은 위로 가 아니라 모임을 탈퇴한 멤버가 남긴 후기일 뿐이다 잠시 씹는 것을 멈춘다 카레가 육식인지 채식인지를 떠올려 보다 이빨 사이에 낀 질긴 인연에 혀가 흠칫 놀란 척을 한다

극진

악몽을 뚫고 나온 당신의 눈동자가 나를 빤히 본다 내 눈동자에 당신의 눈동자가 눌어붙는다 길들여지지 않으려는 내 의지가 집착을 물고 있는 게 분명하다 아무도

살 수 없는 황무지가 된 것 같은데 환(幻)이 날아다닌다 '당신 처음부터 옆집 같았어' 메시지가 깜박거린다 금요일 밤이 지나기 전에 어느 쪽이든 선택하라는 식이다

　유리

　당신이 가둬 놓고 떠난 후 말들이 튀어나올까 봐 거울을 볼 수 없다 모든 표정이 물방울처럼 맺혔다 미끄러졌다 입김을 불어 '선명한 내적 갈등'이라 적어 본다 지운다 흔적이 남는다 독백도 결국 질문이었을까 내 독백과 당신 독백 섞여 불투명하다 거울은 내내 불편했다

　거처

　슬픔도 아닌 것이 그리움도 아닌 것이 눌어붙기 직전이다 식사 다음에 뭘 하지? 산책 아니면 섹스? 싸구려 장면이 지긋지긋했다 떠도는 일요일을 어디에 버리고 와야 하나 지구의 혈을 작심하고 누른, 신발이 남겨진 난간 위를 걸어야 하나 이젠 모든 주관성이 착각임을 알겠다 당신만 모르는 새로운 거처가 필요했다

풀타임

아무도 내가 글러브 속에 새를 숨기고 있는 걸 모른다
날개를 접고 웅크리고 있는 새
알은 모두 이그러졌다
곪은 것들이 터져 흥건하다
판정까지는 1분, 몰래 카운트를 센다
이제 완벽하게 엎질러질 시간
너무 빨리도 너무 천천히도 안 된다
강도는 적당하게, 장력은 끈질기게
애초에 나에겐 던질 수건이 없다
다시 무릎을 가질 수 있다는 것은
완벽한 패배가 아니라고
다짐을 한 번 더 뱉어 낼 수 있다는 것
어지럽다, 새들이 날아가기 직전이다
라운드가 끝나기 전 수평이 되자
이것이 완벽하게 이기는 것이다
신호가 떨어지면 재빨리
추스르려는 의지를 꺾는다
헐떡거리며 멍을 삼킨다

원, 투, 쓰리, 포, 파이브, 식스…

끝난 건 마흔 번째 스파링

아주 잘했어, 말했던 누군가의 턱에

주먹을 날릴 순 없지만

약국과 마트와 쪽방으로 비참하지 않게 걸어갈 순 있다

점촌빌라 103호

  키울 게 없어서 복순 씨는 청승 한 마리를 애완동물로
키우며 산다 청승에겐 적당한 온도와 습도가 필요했기에
눅눅한 벽과 퀴퀴한 냄새를 방치했고 손바닥 닮은 창틀
만을 허용했다 청승은 무럭무럭 자랐다 밥상 위에 올라
가 입맛을 다시고 장판 밑에 들어가 얇아지는 묘기까지
부렸다 언젠가 이웃집 여자가 찾아와 삐걱거리는 현관문
을 열자마자 청승은 몇 달째 뜯지 않던 달력 안쪽으로
숨어 버렸다 버릇이 있든 없든 청승이 가엾고 사랑스러
워 그녀는 동고동락을 멈추지 않았다 가을 겨울 내내 입
고 있던 외투 속 찢어진 주머니 안에 넣고 다니거나 봄
여름 내내 신고 다니던 낡은 단화 밑창 아래에 깔고 다
녔다 청승은 오늘도 복순 씨 주위를 뱅뱅 돈다 똬리를
틀거나 꼬리를 치며 논다 찾아오는 피붙이가 하나 없어
도, 죽은 영감이 꿈속에 나타나 같이 가자고 해도 복순
씨는 청승과 함께 잘도 늙는다
  우리는 가끔 본다 볶은 묵은지를 북북 찢어 물밥 위에
올려놓고 갑자기 천진난만하게 울던 복순 씨를, 청승이
부리는 교태 앞에서 최면에 걸린 듯 함박웃음 짓던 이웃

집 여자를…

선데이 서울, 2019

1.

어떤 코끼리는 죽을 때 뼈를 묻을 동굴을 찾아 나선다
고 하던데

서울특별시엔 지하만 있고 동굴이 없어서

지하철 노선도를 따라 노인들이 공원이나 온천을 순례
한다던데

황사가 기습적으로 번져 오면

도시 전체가 아득한 동굴이라는 생각이 든다는데

아무 곳에서나 죽을 수 있는 무덤이 있구나, 확신이 선
다는데

2.

트럭 위에 생을 마친 포클레인이 실려 간다

단단했던 뼈가 해체를 기다린다

태아처럼 웅크리고 있지만

그가 파헤친 것 중에는 묘혈도 많았을 것이다

무덤 자리에 첫 삽을 뜨는 일은 얼마나 신성했겠는가

거뜬히 산 하나를 삼키고도 으르렁거릴 수 있는 야성이

저 녹슨 자세 안에 있다

서울에서 코끼리나 포클레인의 무덤을 본 자는 아무도
없다
하지만 죽음은 항상 존재한다
노인들이 공원에서 만나 서로의 뼈 상태를 확인할 때
하루 전보다 기울어져 보일 때
뼈의 공식이 서글퍼진다
하나의 죽음을 예감하는 일은 얼마나 쓸쓸한가
마지막을 본 적 없어도 자꾸 보이는 사람
녹이 슬고 검버섯 피고
모든 것이 한순간에 사라진다 해도
내력이 단 한 줄의 부고가 되어 날아온다 해도
우리는 일요일처럼 흩어질 뿐이다
고독의 관절이 삐걱거릴 땐 더더욱

아웃사이더

독이 없는 내가 독방에서 울부짖는다

습하다 밤이 자꾸 샌다

쾨쾨한 것은 당신의 패배가 아니라 분노

계약 만료일이 다가오면 위장이 먼저 뒤틀린다

어떤 이의 그늘조차 될 수 없는 이물로 남는다

나의 구질구질한 생활에겐 환기가 필요하다

여전히 불구의 밤, 아니 방

조급한 악담의 밤, 아니 몸

내 안의 악취미들이 활개를 친다

'지금-여기'를 살해하고 울고 싶어 안달이다

  피곤한 옆구리를 꽉 물고 놓지 않는 연체의 날엔 정물
을 진저리 나게 반복한다

  열매들은 독방에 갇혀서도 여물어 가는데 사람은 왜
독방에 갇히면 독거가 될까

밑그림

오늘은 엄마가 불편하다

내류하는 손목들

빨래들

엄마는 나에게 젖가슴으로 충실하다

모유를 더 많이 흡입해야 할 것 같은데

엄마는 착실해서 아빠를 버리지도 않는다

이종은 괜찮아도
변종은 되기 싫다는 듯

내가 아무리 빨리 진화한다 해도
엄마에게 수염은 자라지 않고

꿈만 꾸면 싱크홀 속에서 엄마가 나를 끌어당긴다

그래, 주제넘게 오래 엄마를 사랑했다

배꼽이 가려워 피가 나도록 긁는다

백혈구가 또 한 움큼 빠져나간다

엄마를 위해 생각 없이 아빠를 오래 증오했다

투명

인공 눈물을 화분 속에 떨어뜨리고
싹트길 기다려 볼까요
개밥바라기별을 처음 사랑한 사람이 나였으면 하고
서쪽 하늘이 무표정을 버릴 때까지 우는 시늉을 해 볼
까요
혼자 밥을 먹는데 익숙해지는 허무를 위해
D-day를 표시하며 하루에 세 번 웃어 볼까요
바짝 마른 그리움을 풀어 국을 끓이고
숨이 적당히 죽은 외로움을 나물로 무쳐 내고
꼬들꼬들한 고독을 적당히 볶아 식탁을 구성해 볼까요
빈 의자와 겸상해 볼까요
자, 이제 주말 연속극이 시작됩니다
고지식한 시어머니나 파렴치한 악처를 옹호해 볼까요
두 사람이 짧은 식사를 하는 것보다
한 사람이 긴 식사를 하는 것이
더 낭만적이라고 다짐해 볼까요
입맛을 다시거나 잃어 갈 필요가 없습니다
독백을 방백처럼 늘어놓으며

접시를 지속적으로 더럽혀 볼까요
다리를 떨면서 신문을 봐도
먹기를 멈춘 채 눈물을 흘려도
잔소리할 사람 없습니다
시계를 보며 과장되게 늦은 척을 해 볼까요
예감이나 확신을 믿지 않게 해 준 당신
공백은 있어도 여백을 찾을 수 없게 만든 당신
오늘 차려 놓은 투명한 기척, 눈물 나게 웃으며 먹어
볼까요

엄살선언문 1

엄살을 후하게 쳐주는 전당포가 있으면 좋겠다 '자발적 외로움 환영'이라고 써져 있으면 더더욱 좋겠다 누군가의 유고 시집을 옆구리에 끼고 부끄럽지 않게 하늘을 쳐다볼 수 있으면 좋겠다 불쌍한 척 태양에게 그을린 곳을 많이 보여 줘도 귀찮아하지 않았으면 좋겠다 쓰러지기 직전까지 예민한 감각이 풀밭처럼 자라나면 좋겠다

프롤로그가 악몽을 예견하고 생의 절반이 악몽으로 들끓어도, 제발 크레바스엔 빠지지 않았으면 좋겠다 필연은 아프고 우연은 잔인했어도, 나를 위한 후일담 속에 우연 같은 필연이 넘쳐나면 좋겠다 상처의 영역이 나 하나로 끝나면 좋겠다, 병력이 하나 더 늘어나도 소독약에게 안녕, 제발 안녕 선언할 수 있으면 좋겠다 나보다 먼저 눅눅해진 곰팡이와 눈이 마주쳤을 땐 위로의 말을 곧바로 건넬 수 있으면 좋겠다

나는 나에게 불성실해, 불친절해서
자학을 밥처럼 신봉하며 살았다
어둠이 가진 민감한 뼈를 태양 앞에서 내밀고 말았다

고요가 가진 입장이 너무 민첩해서
떨어진 과일처럼 앉아 있기를 반복했다

이야기를 끝내고 이야기 밖에서 아무렇지도 않게 재부
팅되는 꿈을 꿨으면 좋겠다 그런데 이야기를 자꾸 삭제
하는 당신은 어디에 있는가? 여기는 여기이고 거기는 거
기일 뿐인데, 우울할 때 같이 울어 줄 장미도 무화과나
무도 내겐 없는데…, 눈동자 안에 또렷하게 고여 있는 아
주 특별한 절망을 급소처럼 들켰으면 좋겠다

엄살선언문 2

　너와 나의 프롤로그 진짜 허술하구나 뻔한 인스턴트 스토리, 파열된 미래, 질리지도 않니? 진창 중의 진창, 파국 중의 파국, 스무 살 이전에 확인된 비극, 범위가 넓은 참혹, 대사가 한정된 삼류 엑스트라, 정해진 플롯을 벗어날 수 없는 캐릭터

　더 이상 같이 다니기 싫지만 네가 나를 닮았다는 이유 하나만으로, 너와 나는 오늘도 서로서로 위안, 이를 닦을 때마다 더욱 단단해지는 치석을 가진 악다구니, 우린 마침내 거울을 거부한 집에서 따로따로 살자, 감시가 있거나 없거나 감출 필요 없는 비극으로 살자

　그냥 우리만을 기록하자, 자판이나 두드리자, 자학적인 단어를 불러 모아 자학으로 캐릭터를 만들고 자학으로 캐릭터를 죽이자, 이야기 속엔 필연을 가장한 우연을 집어넣지 말자, 우린 발단부터 잘못되어 있으니까

　만 원짜리 운동화를 신고 뛰어 보자 폴짝, 재빨리 오

른쪽의 피곤을 왼쪽으로 옮겨 보자 슬쩍, 좌표와 고도
를 바닥까지 낮춰 보자 그만, 생장을 멈추고 버릇을 자
르고 믿음을 몽땅 버려 보자, 툴툴, 진짜 이곳과 저곳과
헤어지자, 영영

관계망상 1

양들이 나를 비웃잖아요 아직 백을 세지도 않았는데
꿈 밖으로 나가라니요 유목의 계절도 아닌데 어디 가서
늑대를 뒤집어쓴단 말인가요 울음을 벗어나기 위해 콧
노래를 드르렁드르렁 흥얼거릴까요 노래와 한 몸이 되면
탄산가스처럼 부글거리는 악몽이 멈춰질까요 그래요 내
가 모르는 종교가 있다고 쳐도 녹색은 없어요 흐르는 녹
색은 어항 속에만 있잖아요 당신은 웃는 표정을 먹이로
던져 주고 떠났지요 싱싱한 꿈은 혼자 꾸는 거라고 알차
게 키우는 거라고 우겼지요 뻐끔뻐끔 독백을 연습해 볼
까요 노래의 끝엔 안락한 낭떠러지라도 있을까요 나를
향해 뻗어 오는 덩굴은 수직만 탐하고 있어요 곰팡이의
무덤을 지나, 애벌레의 무덤을 지나, 고양이 무덤을 지나
허공까지 걸어가 봤자 맨발을 받아 줄 양털구름 따윈 없
어요 나쁜 날씨만 실천하던 바람이 실없이 웃잖아요 기
척 밖으로 완전히 나가라니요 혼잣말하기에 좋은 밤도
아닌데 모두 다 떠나면 불구가 된 신음 소리는 침대 밑
에서 어떻게 잠들 수 있겠어요
　섹스는 가장 적극적인 변명 아니면 착각일까요 벽을

보고 대화하고 등으로 대답을 듣던 때가 좋았다고 자백
해 줘요 이제 어디로 가서 젖은 베개를 확인해야 할까요
당신만이 층간 울음이 될 수 있는데, 겹겹이 쌓인 수치
심 위에 한 겹 더 비참을 쌓을 수 있는데…

관계망상 2

정오의 태양 아래에 개가 할딱거리며 쓰러져 있다
어떤 누구도 쳐다보지 않으니 비극적이지 않다
당신의 눈동자 속에서 사흘 후에 갑자기 구더기가 끓어
오르더라도
필사적으로 다가온 나비가 스스로 날개를 잘라
팔랑팔랑 대신
득실득실만 스멀스멀 일어나게 할지라도
무관심엔 맥박이 없으니
신음 소리는 분명 환청일 뿐이다

넌, 벗어날 수 없어, 목줄은 결국 반복한 자의 것이니까

당신은 언젠가 한평생 기다림에 집중하다 시든 사랑을
본 적 있다
그러니 남겨진 목줄을 뒤늦게 수습하려는 태도는 그만
두시길
연민은 당신과 맞지 않고
심장 속에 나비를 불러들이는 일은

끝끝내 실패로 돌아가고 말았으니

그 어떤 예민한 기척으로도

그 모든 관계를 감각할 수 없었으니

오늘 낮에 당신이 본 것은 당신만 모르는 기연(奇緣)일

뿐이다

동시성

동시에 끊을 순 없으니 당신이 먼저 끊어요
함께는 가능하지 않은 일
꽃들도 피어나고 질 때 동시성이 없잖아요
식탁을 구성하는 건 더더욱 불가능하죠
영원히, 다 같이, 우리끼리 이런 말을 좋아하던
사람의 생각은 고체나 액체일 뿐이에요
우리는 왜 누군가의 죽음이 있을 때에만
하나의 시공간을 구성할까요
옆 사람은 한 명이면 족하고
손잡는 일을 반복해도 멀어지는 생각은 길어질 뿐인
데…
그래요, 타인들만 복제되고 있죠
자세나 방향을 바꿀 필요 없어요
결론을 한 번 더 확인하고 싶어도
먼저 끊는 건 항상 이쪽 아니면 저쪽
통보하지 않았다고 해서
헤어질 계획이 없는 게 아니고
절교했다고 해서 연결 고리가 사라진 건 더더욱 아니

에요

　중요한 건 직전의 직전

　당신과 나는 0.5초 늦은 시차를 가지고 있어요

　기일에 왜 울지 않았냐고요

　왼쪽 귀가 오른쪽 귀의 태도를 볼 수 없는 것처럼

　이쪽 생각을 저쪽이 한참 만에 알아차린 것처럼

　우린 찰나 속에서 이란성쌍둥이일 뿐이에요

　무음보다 무서운 건 음을 소거하는 일이고

　음소거보다 잔인한 건 수신 차단이에요

　그러니 당신, 먼저 끊지 말아요

　상실은 매번 살아 있는 이쪽, 하늘 아래 사람들 몫이

니까요

이벤트

밤엔 꼭 너와 하고 싶어 격렬하게 흩어지고 싶어

한 번만 바람이 불 때 난 두 번이나 흔들리고

나는 나를 망치기 위해

네가 자꾸 사소해지길 바라는데

365일 만우절이었으면 하던 날들이

365일 동안 얼음이었으면 하던 열망이

하나의 비극을 향해

드디어나 끝끝내를 실천하려 드는 거야

그런 일회성을 알아야 우리도 가능한 거라서

네가 그 흔한 우울이라는 이름으로

내 앞에 나타나서 깜짝 놀라는 시늉을 해야 하는 거야

버려진 애완 고양이의 독립적인 비참이나

병마와 싸우다 떨어진 꽃들의 마음가짐을

선택적으로 이해하려는 게 잘못이라고

알약들이 단호한 판단을 내릴 때까지

오늘이 아니면 안 된다는 표정으로

너는 너머를 자꾸 검은색으로만 증명하려고 하는 거야

새벽을 물어뜯는 개

　살찐 개와 살이 찌고 있는 내가 호수공원을 달린다 그녀가 버리고 간 개, 그녀가 버린 나, 돈다, 빙빙 돈다

　호수는 기억력이 좋지 않다 표정이 그대로다 생각이 깊지도 않다 비참함 앞에서 큰 입을 벌리고 아무 말 하지 않는다 그녀는 최소 열 바퀴를 돌라고 했다 그래야 떠나지 않겠다고 했다

　그러니 그녀의 우아했던 걸음걸이는 결백하다

　개가 갑자기 달려간다 나로부터 벗어난다 다른 개 꽁무니에 붙는다 그제서야 개가 암컷인지 수컷이었는지 궁금해졌다, 내버려 뒀다 그녀가 떠날 때처럼…

　곧 여름 철새들이 득실거릴 것이다 밤에도 물 아래 잉어들이 알몸으로 꼬리를 흔들 것이다 나만 빼고 전부 파닥파닥, 신나게 열대야 속에서…

이젠 진짜 혼자 돌아야 한다 운동이란 말보다는 산책
이란 말을 좋아했던 내 머리를 질책하며 앞만 보고 계속
돌아야 한다, 오늘 새벽엔 기필코 돌아 버리겠다는 다짐
과 함께…

도미노

나는 언제부터 세우는 사람이었을까 온종일 내가 세우면 당신은 터치한다 촘촘하게 나를 향해 뻗어 오는 나의 순간순간, 쓰러지면서 한 번도 불평불만하지 않는 나의 착란착란

억울한 나는 블록 대신 다른 것을 세우기 시작한다 사냥개를 나열한다 입을 벌린 개들이 왈왈왈 짖어 대더니 연달아 꼬리에 꼬리를 문다 세울 땐 이빨을 감추고 있었는데 넘어질 땐 어김없이 송곳니가 드러난다 내 옆구리를 꽉 문다 놓지 않는다

이번엔 크기와 규격이 다른 십자가를 세운다 세우는 즉시 죄가 창궐한다 나만 보이는 죄의 목록이 십자가 뒤에 작은 글씨로 새겨진다 당신은 여전히 당당하다 죄가 서서히 무너진다 무릎을 꿇고 두 손으로 마지막에 쓰러진 십자가를 받든다 죄를 사하여 줄 때는 눈물을 즉시 흘려야 한다고 당신이 질책한다

경찰관들을 세우려다 그만둔다 비극적 포즈나 한숨을 세우고 싶은데 완전무결한 당신에겐 비극이 어울리지 않아서 참는다 바깥에서 보면 우린 늘 난로 앞에 양탄자를 깔아 놓고 커피나 코냑을 마시며 미래를 설계하고 있는 종족처럼 보이니까

당신은 모른다 다음번에 내가 세우려는 게 절벽이란 사실을, 무럭무럭 자라난 높이가 당신 키를 삼키면, 내가 하나도 안 보이면 절벽이 쓰러져 오는 동안 마술처럼 내가 사라질 거라는 것을…, 그걸 모르기에 아니 알기에 당신은 소리친다, 다시!

흑맥주의 밤

1.
절망아, 가끔 3초쯤 나를 놓쳐도 좋았다

마지막까지 나에게 충실하다니
나는 중지된다
나는 분리된다

모든 절망에 후일담이 있다면
절망 속에서 숨을 참는 마지막 종족이 될 거다

나를 귀찮게 했던 예감들
나를 피곤하게 했던 위로들

나를 책임지지 않을 한숨만 득실거리니
아침엔 1인분의 후회만 있어도 좋았다

조급해할 필요가 없다
절망은 노련하니까, 치밀하니까

2.
지금쯤 당신의 검정은 완성되었는가
검정을 완성하기 위해 흑맥주를 마신다면
언제쯤 완전하게 우리는 더러워질 수 있을까

잔에 가득 담긴 이것은 시커먼 어둠이 아니라
새까만 좌절이다

당신 안에 거주하던 사내 혹은 여자가 담뱃불로 긴 불
면을 지지고 있다면
삭을 대로 삭은 체념을 난간에 걸쳐 놓았다면
충혈된 눈동자가 끓어올라도 당신은 함부로 뛰어내릴
수 없을 거다

도대체 무슨 악연인가
하루 종일 검정이 당신을 따라다닌다
날씨가 되고 배경이 된다

어떻게 벗어날 것인가
이미 충분히 발효되고 있는데
통증을 감내하기엔 당신 안에 거품이 풍부하게 많은데

아웃사이더가 발화하는
존재론적 외곽성의 시

유성호(문학평론가 · 한양대학교 국어국문학과 교수)

1.

하린의 세 번째 시집 『1초 동안의 긴 고백』(문학수첩, 2019)은, 삶의 변방에서 스스로를 향해 건네는 존재론적 다짐과 세상을 향해 던지는 저항의 외침이 함께 담겨 있는 실존의 화첩(畫帖)이다. 두루 알려져 있듯, 하린은 2008년 『시인세계』로 등단하여 그동안 『야구공을 던지는 몇 가지 방식』(문학세계사, 2010), 『서민생존헌장』(천년의시작, 2015) 등 한국 시단에 의미 있는 성과를 잇달아 내놓은 시인이다. 첫 시집에서 그는 생의 비애와 진실이 담긴 내면의 풍경들을 다양한 문화적 코드로 변주함으로써 도시적 삶의 불모와 폐허를 증언한 바 있다. 두 번째 시집에서는 현대 도시의 생태학에서 비껴나 있는 캐릭터의 좌절과 우울을 드러내면서 출구 없는 삶에 대한 사실적이고 우의적(寓意的)인 관찰과 경험적 고백을 이어 갔다. 이제 등단 10년을 훌쩍 넘기고 있는 시인은 이번 시집에서도 "우글거리는 아웃사이더의 감정"과 "칼날처럼 예민하게 날 선 감각"(「시인의 말」)을 더욱 예리하게 벼리면서, 그러한 정서적 형질들이 결국은 자신이 겪어 온 실존적 천형이면서 동시에 자신의 시를 가능케 했던 태반임을 강렬하고도 지속적으로 고백해 간다. 면면한 지속성과 심화 과정이 한꺼번에 펼쳐져 있는 것이다.

2.

하린의 시는 실존적으로나 사회적으로나 전형적인 '아웃사이더'가 처한 상황적 기록이자, 깊은 내면적 관찰의 표지(標識)로 다가온다. 가령 그는 "해가 지고 떠난 자리에 남겨진 유실물들"(「피크닉」)처럼, 정점의 기운이 쓸고 간 후 남겨진 불구적 잔상(殘像)들을 절절한 쓸쓸함과 격정으로 노래한다. 다음 작품을 한번 읽어 보자.

독이 없는 내가 독방에서 울부짖는다

습하다 밤이 자꾸 샌다

퀴퀴한 것은 당신의 패배가 아니라 분노

계약 만료일이 다가오면 위장이 먼저 뒤틀린다

어떤 이의 그늘조차 될 수 없는 이물로 남는다

(…)

'지금-여기'를 살해하고 울고 싶어 안달이다

피곤한 옆구리를 꽉 물고 놓지 않는 연체의 날엔 정물을
진저리 나게 반복한다

열매들은 독방에 갇혀서도 여물어 가는데 사람은 왜 독
방에 갇히면 독거가 될까

— 「아웃사이더」 부분

수많은 인사이더들의 수직 상승 욕망을 처연하게 바라
보면서 '아웃사이더'는 자신이 처한 상황을 '독방/울부짖
음/패배/분노'의 연쇄로 요약한다. 습하고 퀴퀴한 '독방'에
서 "계약 만료일"과 "구질구질한 생활"이 교차하는 상황
을 반복하고 있는 '아웃사이더'는 "어떤 이의 그늘조차 될

수 없는 이물"로서의 존재 조건을 거듭 환기한다. '불구'
와 '악담'으로 점철된 생애를 살아온 그는 차차 "지금—여
기"를 넘어서려 하지만, 피로하고도 지루하게 반복되는 '독
거'로만 이어져 갈 뿐이다. 여기서 아웃사이더의 존재 방
식은 "진창 중의 진창, 파국 중의 파국"(「엄살선언문 2」)이나
"결핍과 따돌림"(「루저백서 1」)의 세계를 크게 비켜서지 않
는다. 하린의 자기 인식 방법은 이러한 '아웃사이더'로서의
존재 조건에 철저하게 상응함으로써, 시인 자신과 상동적
삶을 영위하는 이들에 대한 관찰로 확장해 가기도 한다.
다음은 어떠한가.

　　키울 게 없어서 복순 씨는 청승 한 마리를 애완동물로
키우며 산다 청승에겐 적당한 온도와 습도가 필요했기에 눅
눅한 벽과 퀴퀴한 냄새를 방치했고 손바닥 닮은 창틀만을
허용했다 청승은 무럭무럭 자랐다 밥상 위에 올라가 입맛
을 다시고 장판 밑에 들어가 얇아지는 묘기까지 부렸다 언
젠가 이웃집 여자가 찾아와 삐꺽거리는 현관문을 열자마자
청승은 몇 달째 뜯지 않던 달력 안쪽으로 숨어 버렸다 버릇
이 있든 없든 청승이 가엽고 사랑스러워 그녀는 동고동락을
멈추지 않았다 가을 겨울 내내 입고 있던 외투 속 찢어진
주머니 안에 넣고 다니거나 봄 여름 내내 신고 다니던 낡은
단화 밑창 아래에 깔고 다녔다 청승은 오늘도 복순 씨 주위
를 뱅뱅 돈다 똬리를 틀거나 꼬리를 치며 논다 찾아오는 피

붙이가 하나 없어도, 죽은 영감이 꿈속에 나타나 같이 가자
고 해도 복순 씨는 청승과 함께 잘도 늙는다

　우리는 가끔 본다 볶은 묵은지를 북북 찢어 물밥 위에
올려놓고 갑자기 천진난만하게 울던 복순 씨를. 청승이 부
리는 교태 앞에서 최면에 걸린 듯 함박웃음 짓던 이웃집 여
자를…

–「점촌빌라 103호」 전문

　빌라에 사는 이웃집 여자 '복순 씨'의 일상을 관찰한 타
자 지향의 시편이다. 그녀가 애완동물로 키우는 한 마리
'청승'은, 사전적인 뜻 그대로 "궁상스럽고 처량한 행동이
나 태도"를 거느린 그녀의 삶을 은유한다. "적당한 온도와
습도"는 청승의 알맞은 서식 조건이어서 그녀는 "눅눅한
벽과 퀴퀴한 냄새" 그리고 "손바닥 닮은 창틀"을 허용하는
배려를 마다하지 않는다. 그렇게 청승과 한 몸이 되어 간
그녀의 삶은 "몇 달째 뜯지 않던 달력"이나 "가을 겨울 내
내 입고 있던 외투 속 찢어진 주머니", "봄 여름 내내 신고
다니던 낡은 단화 밑창"처럼 이미 효용성과 현재성을 상실
한 상관물들을 통해 물질적 구체성을 띠어 간다. 마치 '피
붙이'처럼 그녀와 청승은 그렇게 함께 늙어 간다. 이처럼
시인의 시선은 천진하고도 잔잔한 복순 씨의 청승을 애잔
하게 담아 낸다. 시인이 '점촌빌라 103호'에서 취택한 이러
한 풍경은, "이미 바깥이라서"(「일주일째 카레」) 세상의 안쪽

으로 들어올 수 없는, "목젖이 있어도 으르렁거릴 수 없는 외곽"(「검은 우산」)의 삶을 웅변하는 장치로 등극한다. 이때 어둑하고 습한 삶의 변방을 바라보는 시인의 시선은 반어적으로 밝고 잔잔하고 또한 따뜻하다.

이처럼 하린의 시선은 중심에 편입되지 못하고 주변으로 흘러온 존재자들에 대한 가없는 관심과 연민으로 나아가고 있다. 이는 우리 시대의 주류 권력이나 자본 논리에 대한 시인의 시적 대항이라고 할 수 있는데, 그 점에서 버려진 존재자들을 옹호하는 인식은 그의 시를 떠받치고 있는 가치의 원천이라 할 것이다. "마지막 울음이 선언이었던"(「용도 변경」) 이들, "겹겹이 쌓인 수치심 위에 한 겹 더 비참"(「관계망상 1」)을 쌓아 가는 이들의 삶을 심층에서 바라보는 그의 눈이 선연하게 빛을 뿌린다.

3.

원래 서정시는 진정성 있는 고백과 자기 확인을 일차적 동기로 삼는 양식이다. 비록 사물이나 타자를 지향한다고 하더라도, 그것은 철저하게 시인 자신의 다짐을 매개로 하여 씌어진다. 그만큼 서정시의 저류(底流)에는 시인 자신이 오랫동안 겪어 온 경험 가운데 뿌리 깊은 기억의 지층이 깔려 있게 된다. 하린은 우리 시대의 외곽에서 바라본 어

독하고도 쓸쓸한 상황 '너머(beyond)'를 상상하는 방법적
장치로서 '시(詩)'를 끊임없이 사유한다. 그럼으로써 스스로
시인으로서의 자의식을 강하게 견지해 간다. 여기서 우리
는 '시인 하린'의 참모습을 약여하게 만나게 된다.

   월요일의 노래가 금요일까지 살아 있다면 당신은 하나의
비상구를 갖고 있는 거다 악몽이 뽑힌 자리마다 고여 있던
목소리를 감지한다면 당신은 요절한 시인 한 명을 알고 있
는 거다 때론 세워진 시집보다 누운 시집이 당신을 머무르
게 한다 누운 시집보다 엎드린 시집이 통증을 해석하게 한
다 읽다 만 부분부터 해설에까지 닿았을 때 단 한 줄의 앙
금이 심장 근처에 머물러 있다면 당신은 그날 밤 부끄러움
한 소절을 품게 되는 거다

   (…)

   이제 당신은 안개 속에 손을 집어넣고 낯선 손과 불투명
한 악수를 할 수 있다 자꾸 뒤돌아봐도 토마토에겐 슬럼프
를 견뎌 낼 근육 따윈 없지만, 금요일의 후회가 월요일까지
살아 있기에 당신은 운명처럼 집착 하나를 복습하게 된다
그 순간을 잊어서는 안 된다 집착이 위험한 늪지대를 갖고
있다는 것을, 뿌리의 감각까지 삼키고도 무표정하다는 것
을, 이제 집착 앞에 공손해지면 된다 눈을 감고 떠도는 문

장의 살덩어리를 뱉어 내면 된다

- 「시작법(詩作法)」 부분

하린은 시인으로서의 삶이 "역설의 역설이 꿈틀대고 상
징 다음에 상징이 배경으로" 깔리는 시공간에서 가능함
을 말한다. 그는 "월요일의 노래"가 한동안 살아서 "하나
의 비상구"로서 역할을 하기도 하고, "고여 있던 목소리"로
은은하게 번져 가는 그 노래가 "누운 시집"이나 "엎드린 시
집"처럼 누군가를 한동안 머무르게 하기도 한다는 것을
힘주어 이야기한다. 그렇게 시집을 통관하고 난 후 "단 한
줄의 앙금이 심장 근처에 머물러" 있을 때 우리는 "부끄러
움 한 소절"에 가닿게 될 것이니까 말이다. 하린은 여기서
"안개 속에 손을 집어넣고 낯선 손과 불투명한 악수"를 하
거나 "운명처럼 집착 하나를 복습"하거나 아니면 "눈을 감
고 떠도는 문장의 살덩어리"를 뱉어 냄으로써 '집착'에서
벗어나는 것이 자신의 시작법임을 고백한다. 그 순간 자신
은 "그대로 멈춰서 극한의 목소리를 삼키면 그뿐"(「통조림」)
이고, "이 시대의 문법"(「찰나의 발견」)에 맞지 않을지라도
시적 자유에 이르는 하나의 방법으로서 "한순간의 직감으
로 언어 이전의 세계"(「여론조사」)에 직핍(直逼)해 가고자 하
는 것이다. 여기서 우리는 '시인 하린'의 모습에 더욱 다가
가게 된다. 그러한 진중하고도 첨예한 메타적 의식이 다음
시편에도 흐르고 있지 않은가.

우글거리는 피비린내를 시 속에 적고 있던 나는 누군가의
공포이거나 울음이거나 하는 것들을 복잡하게 만들어 버리
기 일쑤였는데,

두 번째 문장에서 아까부터 고양이가 물고 할퀸 것은 싱
싱하지 않은 핏덩어리

바닥을 추종하는 비굴이거나 퇴화된 통각이거나 아무도
쳐다보지 않는 맹목이거나

무서운 발톱을 뒤집어쓰고 골목과 염증 사이를 활보하면
서 시가 되길 거부하는 것들을 할퀴고만 있었다

시어들의 사생활이란 코끼리가 하늘 위를 난다거나 뱀이
백지처럼 조용하다는 허풍이 아닐 텐데

겨우 표정을 간수하고 있던 몽상과 환상을 조곤조곤 답
습하면서 창문 너머 응급실을 내다보는 취향을 그만 멈춰야
할까

지금껏 한 번도 불이 꺼지지 않았던 응급실, 그 지독한
실패를 천사들은 뭐라고 부르고 있을까

궁금해하다가 엉성하게 상징이나 암시를 흉내 내고 있던 동공 하나를 보고 말았다. 쓰레기통에 고개를 처박고 있다가 나에게 들킨 내 눈동자들

지금 등 뒤에서 나를 클릭하던 신들은 알고 있을까, 소스라치게 놀란 문장의 안색을, 소멸을 뒤집어쓰려다 들켜 버린 어설픈 마무리를
　　　　　—「세 번째 문장으로 나아가지 못하는 이유」 전문

'시인 하린'은 언제나 "우글거리는 피비린내를 시 속에 적고" 있는 사람이다. 그는 "누군가의 공포이거나 울음이거나 하는 것들"을 시의 바닥으로 삼고, 그 "바닥을 추종하는 비굴이거나 퇴화된 통각이거나 아무도 쳐다보지 않는 맹목"을 소중하게 안아 들이는 시인이다. 그러다 보니 그는 심미적 대상 대신에 언제나 "시가 되길 거부하는 것들"을 할퀴기만 했다고 스스로 고백한다. 하지만 그는 자신이 그동안 써 온 "시어들의 사생활"이 더러는 "몽상과 환상"을 답습하기도 하고 더러는 "엉성하게 상징이나 암시를 흉내 내고 있던 동공 하나"를 응시하기도 하면서 이루어졌음을 고백한다. 그러다 보니 시인으로서는 다음 문장으로 바로 나아가기 어려웠을 것이다. 다만 "나에게 들킨 내 눈동자들"이 "소스라치게 놀란 문장의 안색"과 함께 아주 천천히

"소멸을 뒤집어쓰려다 들켜 버린 어설픈 마무리"를 향해 나아갔을 뿐일 터이다. 이처럼 하린은 비록 "첫 행은 지극히 밋밋했고/마지막 행은 극단적으로 맥박이 없었"(「엔딩극장」)다고 하더라도, 자신의 시가 누군가의 '공포'와 '울음'과 '바닥'을 담아 내면서 "먹먹한 절정들"(「사랑과 악천후는 이질일까 동질일까」)을 노래하는 양식임을 믿어 의심하지 않는다. 여기서 우리는 하린의 시에서 "무너져 가는 것은 결국 날카로운 예감을 받아들이는 일"(「단지 조금씩 때때로」)임을 다시 한번 깨닫게 된다.

결국 우리의 삶을 결정적으로 규율하는 것은 커다란 역사가 아니라 소소한 일상의 흔적이다. 그래서 우리는 소소한 일상의 흔적을 통해 생의 진실을 깨닫고 인간 실존의 어둑한 운명을 엿보게 된다. 그런데 우리는 이러한 진실에서 비껴 있으면서 타자화한 상황을 '자기 소외'라고 표현한다. 서정시가 이러한 자기 소외를 넘어서고 치유하는 데 바쳐지는 양식임은 더 말할 나위가 없을 것이다. 하린이 추구해 마지않는 시적 비전은 이러한 자기 소외에 대한 날선 비판이 아니라, 구체적 상황이나 풍경을 통해 삶의 진실을 깨닫고 그 안에 자기 소외에 대한 역설적 항체(抗體)를 마련하는 일에서 찾아진다. "상실은 매번 살아 있는 이쪽"(「동시성」)의 몫이었을지라도, 그는 그 항체를 통해 "내가 나를 마지막으로 껴안는 느낌"(「안개와 광장」)을 들려주려 하기 때문이다.

4.

이처럼 '아웃사이더'로서의 삶의 바닥을 지나 '시'를 통한 자기 개진에 매진하는 하린은, 이제 그러한 존재론적 소실점에 이른 상황을 넘어서는 역동적 상상력을 고백하는 데 근접해 간다. 그만큼 그의 시편들은 소모적 마이너스의 상상력에 빚지고 있는 것이 아니라, 궁극적으로 삶을 긍정하는 생성적 역설의 함의를 담고 있는 실증이 아닐 수 없다. 다음 작품을 한번 읽어 보자.

그는 점점 얇아지고 있다

또 하나의 소실점

얇아지고 작아져서 첩첩산중 안으로 사라지고 있다

미궁을 향해 총 총 총 걸어 들어가는 말줄임표

헐벗은 산짐승들도 잠시 배고픈 울음을 멈추고 묵언 수행 흉내를 낼 거다

마침내 거대한 마침표가 되어 면벽이라는 옷을 껴입고

자신이 투명이 될 때까지 얼음 문장을 다듬고 있을 거다

내내 지속적인 극한

비유도 상징도 필요 없는 몸짓으로

이곳에서 저곳으로, 저곳에서 이곳으로 넘나드는 사유들

그런데 이름을 완전히 지운 후에도 채록되는 여운이 있
었으니

여운은 시가 되고 시는 질문처럼 살아서

최초이자 최후인 고백이 돼도 좋으리라

가끔 입춘 쪽에서 날아온 새가 석탑 위에 앉아 참선을
하는 때가 있다

깨달음의 본적을 알았다는 듯이

맨몸으로 갔다가 다시 맨몸으로 돌아온다는 듯이
                              ─「동안거(冬安居)」 전문

'동안거'는 문자 그대로 겨울 내내 외출을 금하고 수행에
만 전념하는 방식을 말한다. 여기서 점점 얇아지고 작아져
결국 "또 하나의 소실점"이 된 '그'는 "미궁을 향해 총 총
총 걸어 들어가는 말줄임표"와도 같이 "첩첩산중 안으로"
동안거를 떠난 '시인(詩人)'을 함의한다. 꼿꼿한 묵언수행 그
리고 '면벽'과 '참선'을 통해 "거대한 마침표"가 되어 "투명
이 될 때까지 얼음 문장을 다듬고" 있는 과정은, 그 자체
로 자신의 문장을 통해 "극한"에 가닿는 시인의 존재론을
유추케 한다. 이제 "비유도 상징도 필요 없는 몸짓"을 통
해 "이름을 완전히 지운 후에도 채록되는 여운"으로 번져
가는 시인의 언어는 천천히 "깨달음의 본적"으로 나아가
게 될 것이다. 그리고 그 "여운은 시가 되고 시는 질문처럼
살아서//최초이자 최후인 고백"으로 몸을 바꾸어 갈 것이
다. 그리고 이때 스스럼없이 행해지는 고백이야말로 '시 쓰
기'의 은유적 등가물일 것이다. 비록 "몰래 음미할 수 있는
기록으로 남지 않고"(「입술의 방식」) 아득한 소실점이나 거
대한 마침표를 향해 갈지라도, 하린 시인은 "모든 존재는
들어서는 순간 경유지이고/빠져나가는 순간 종착지"(「복
도」)임을 경험적으로 고백하고 있는 것이다. 그 고백의 진
정성이 다음에도 한껏 펼쳐진다.

　　나 오늘 밤 절벽에게 고백할래

사람은 새가 될 수 없지만 새를 품을 순 있다고 말할래

새를 꺼내는 그 순간, 1초 동안의 긴 고백

어둠이 왜 이렇게 투명한 건지

윤곽을 가진 것들이 온전히 자신을 다 드러내 놓기 좋은
시절이라고

속울음까지 들킬 것 같아

불편이나 불안의 차이를 알 필요 없을 것 같아

노크를 하듯 툭, 머리로 지구를 한번 두드려 볼래

손을 쓰지 않은 채 밀고 있는 사람들을 위해

미리 써 놓은 유서를 방치해 둔 채

절벽 아래 스프링은 없지만

몸 안에서 잔뜩 부풀길 좋아하는 관념어들을 위해, 폴짝
뛰어 볼래

물론 고백은 자정이 적당하겠지만

자정이 지나도 계속해서 어둠 다음에 어둠이겠지만

한 번의 고백으로 절벽 없는 날이 완성될 순 없겠지만

그래도 온전히 선명해지려는 태도를 참을 수 없으니

나 오늘 밤 절벽에게 반드시 고백할래

어중간한 태도와 가면을 전부 벗어던지고

불편한 프랑켄슈타인을 끝장내 볼래, 진짜로 폴짝
                                    −「푸시」 전문

　시인은 절절한 마음으로 '절벽'을 향해 고백하겠노라고
한다. 앞에서 본 '동안거'의 면벽 수행처럼, 시인은 "사람은
새가 될 수 없지만 새를 품을 순 있다고" 절벽에게 말하겠
다고 한다. 새를 품었다가 꺼내는 순간은, 이번 시집 제목
이기도 한 "1초 동안의 긴 고백"으로 나아가면서, 어둠이
한없이 투명해지고 윤곽을 가진 것들이 온전히 자신을 드
러내는 찰나와 일치한다. 그 순간에 시인은 절벽에서 뛰어

"한 번의 고백"에 이르러 보겠다는 것이다. "어중간한 태도와 가면을 전부 벗어던지고" 뛰어 보겠다는 이러한 생성적 의지는 시인으로 하여금 "깨질 때의 완벽한 소리"(「완벽주의자」)를 지향하게 하고 "모든 파문이 바깥에 머문"(「찰나의 발견」) 때를 기다리는 이의 심중을 가지게 해 준다.

최근 우리는 인류가 축적해 왔던 주류적 가치들이 폐기되거나 치지도외되어 가는 시대를 가파르게 살고 있다. 이러한 분위기에 대응하여 서정시는 새로운 대안을 상상적으로 꿈꾸어 가게 마련인데, 하린의 시적 상상력은 인간을 억압하는 현실에 대해 안타까움과 비판적 목소리를 드러냄으로써 "필연이 되지 못한"(「통보의 날들」) 상황 속에서 "어떤 족적은 그것이 곧 유언"(「얼음 위를 걸어간」)이 되기도 하는 이들을 역설적으로 옹호해 간다. "주사위를 던져야 할 때 십자가를 던지는 사람"(「망치에 대한 유순한 증언」)처럼 살아가는 이들을 향하는 시인의 심장이 역동적으로 뛰고 있는 것이다.

5.

지금까지 우리가 읽어 온 하린의 세 번째 시집 『1초 동안의 긴 고백』은, 개인적 차원과 공동체적 차원 모두에 편재(遍在)해 있는 묵시록적 시간을 심층적으로 경험하게 해

주는 유력한 시적 범례(範例)이다. 여기서 우리는, 그가 추구하는 시적 심급들이 삶을 관통하는 구체성의 재현과 해석에 토대를 두면서 시인 개인의 삶에 얽힌 상처와 통증을 넘어서게 하는 힘을 가지고 있음을 알게 된다.

생각해 보면 우수한 서정시는 시인 자신의 반대편에 서 있는 이들의 삶을 투명하게 바라볼 줄 아는 성찰의 품을 가지고 있다. 스스로의 모순을 숨기지 않고 그것을 드러내어 온몸으로 견뎌 내는 일, 곧 자기도 모르게 내부에 확장되어 가는 속물성에 대한 반성적 의식 또한 좋은 서정시의 고유한 윤리적 몫일 것이다. 하린의 시 세계는 이러한 윤리적 힘에 의한 가능성으로 충만하다는 점에서, 서정시의 원심적 현실 지향의 형질을 정점에서 구현하고 있고, 그는 그 힘을 통해 지난했던 시간을 넘어 더 넓은 세상으로 첨예하게 나아가고 있다. '아웃사이더'가 발화하는 존재론적 외곽성이 이러한 윤리적 힘에 의해 더 견고하고 풍요로워진 결실이 이번 시집의 경개(景槪)인 것이다.

시인수첩 시인선 022

1초 동안의 긴 고백

ⓒ 하린, 2019

초판 1쇄 발행 2019년 3월 29일
초판 2쇄 발행 2019년 11월 4일

지은이 | 하린
발행인 | 강봉자·김은경

펴낸곳 | (주)문학수첩
주   소 | 경기도 파주시 문발로 214-12(문발동 511-2) 출판문화단지
전   화 | 031-955-4445(대표번호), 4500(편집부)
팩   스 | 031-955-4455
등   록 | 1991년 11월 27일 제16-482호

홈페이지 | www.moonhak.co.kr
블로그 | blog.naver.com/moonhak91
이메일 | moonhak@moonhak.co.kr

ISBN 978-89-8392-740-8 03810

「이 도서의 국립중앙도서관 출판예정도서목록(CIP)은 서지정보유통지원시스템
홈페이지(http://seoji.nl.go.kr)와 국가자료공동목록시스템(http://www.nl.go.kr/
kolisnet)에서 이용하실 수 있습니다.(CIP제어번호: CIP2019007525)」

* 파본은 구매처에서 바꾸어 드립니다.

* 이 책은 2018년 아르코문학창작기금의 수혜를 받아 발간되었습니다.